上海贝贝特文化传播有限公司出品

www.shbbt.com

目录

序一
送给狗主们 4

序二
一只狗的遗嘱 10

第一章
Marco，你搭过飞机吗？ 16

第二章
卢吉道的两个世界 20

第三章
一辈子难忘 28

第四章
另一种生活 34

第五章
我爱骑单车 39

第六章
大坳门追"大鸟" 52

第七章
坐南丫岛的慢船到一个喘息的地方 56

第八章
自由愉景湾 62

第九章
赤柱共融不再 66
附"与狗友善的城市" 76

第十章
荒废之后 80
附"与狗游水的好去处" 86

第十一章
石澳夏日无尽 88

第十二章
泥涌鸡仔 92

第十三章
跟大网仔结婚 100

第十四章
白石的古怪小白球 106

第十五章
西贡海滨公园自作主张 112

第十六章
元朗大棠，我感故我在 116

第十七章
下白泥黄昏 122

第十八章
我的湾仔海滨公园 126

第十九章
玩一世 130

第二十章
请不要留下我 132

附录
小狗心灵独白 135
旅游小贴士 159
教狗儿游泳六大贴士 165
关于狗的好书 169

跋
狗与人性 171

Goldie 刚被抱回家时，只有一个月大，性格内向，整天都躲在椅子下。

有关狗的书籍作品，总带有一抹伤感的色彩。像日本导盲犬可鲁与娇娜的故事，它们善良、聪明、忠诚，但最后都无可奈何地离开了主人。

因为狗的一生比人短暂，幸运的可以有十五年光景，正当感情日深之际，奈何已近黄昏。

我爱 Goldie，所以我希望与大家分享的是喜悦，不是哀伤。这种想法来自尤金·奥尼尔（Eugene O'Neill）的作品《一只狗的遗嘱》（*The Last Will and Testament of an Extremely Distinguished Dog*）。这是

一只垂垂老去的狗伯莱明的内心独白。自知生命已近尽头，它说出了自己的遗嘱。伯莱明一生为主人带来喜悦，但想到自己死后主人的悲伤，便痛苦不已。冀望主人不要因此而不再养狗，反而要将对狗的爱延续下去。

《一只狗的遗嘱》是最能感动我的动物文学作品。每当想到Goldie已步入老年，自己无法接受它总会离我而去，翻开这本书都能给我多少的安慰。与其在离别之后才缅怀过去，倒不如在它仍然蹦蹦跳跳时一同分享喜悦，所以我决定将Goldie和我一起旅行的经历写下来。

Goldie是我的朋友，从它半岁左右我便带着它去不同的地方。哪怕是到朋友家聚餐、探病、探亲或帮忙看顾友人的幼童等，它都跟大伙儿做伴并乐在其中。三年前，我离开香港到加拿大的老家温哥华及多伦多生活，Goldie与我一起前往。在加拿大的日子里，夏天我们常去钓鱼，冬天的漫天风雪中，Goldie感受了第一次的雪地体验。在北美生活期间，我俩一起经过十多个小时的车程往美国的波士顿探亲，哈佛大学的大草地对它来说是前所未有的乐园，在那儿的日子，每天最叫它高兴的就是到大学的草地奔驰。

二零零五年六月，有一次跟它玩捉迷藏时，无意间发现它的尾巴中段位置有一个约一元硬币大小的硬块。经检验后，医生建议把肿瘤割除，无奈手术后伤口受感染，最终要把它四分之三的尾巴切除。这痛苦的经历，虽事隔两年，回想当天的情形我仍然心寒。手术后的Goldie，因麻醉药功效已过，半夜便坐了起来不能入睡，坐起来后，坐姿又压着伤口，叫它苦不堪言。望着它因药物副作用而胀大了差不多一倍的大头颅，我可以做的只能是在它身边，跟它做伴。康复后每见到它努力地摆动那仅余的兔子尾巴表示高兴时，我就更加珍惜、注意它的健康，毕竟它已是一只步入老年的七岁成年犬了。

每星期我俩都会到郊外旅行，对它来说，坐车半小时或以上才算是旅行，否则只能当作一般逛街。我驾着大水牛吉普车带它去踏单车、钓鱼、看海、看日落、跑草地、抛木头和游水。我因为工作关系，一星期最多有一天半的时间去旅行。为了可以带 Goldie 上班，当我为自己新成立的出版社找办公室时，首要的条件是大厦单位可以容许狗只进出。

这几年来不知不觉间，Goldie 改变了我的生活。以往我是个赚钱机器，每天计算着收入，看户口账目、股票投资回报等，常因工作压力而失眠、焦虑。因为 Goldie 的存在，我感受到生活还有其他美好的东西。

在大尾督水塘主坝上，游人见到 Goldie 与我骑单车都会哈哈

大笑。在鱼塘，当大家钓到大鲤鱼时，Goldie 会挤身过来看热闹，又会扑起来吠叫。假如没有 Goldie，办公室会少了很多笑声，同事可以无条件在下午跑到面包店给它带来新鲜出炉的脆皮菠萝包，更有同事为了让它品尝肠粉，宁愿不加调味料也给它预留一半。

从硅谷到纽约，每五家美国公司就有一家准许员工带宠物上班，加拿大的一些公司，带狗上班亦风行一时，许多老板发现，办公室多了这些四脚动物，员工上班会更加起劲，生产力提升了不少。Google 位于加州 Mountain View 的总部，认为员工带狗上班可让办公环境更健康快乐。英国不少大公司最近都批准职员在家工作或请假，以照顾它们生病的宠物，其中包括英国四大银行之一的苏格兰哈利法克斯银行（Halifax Bank of Scotland）；伦敦一家速递公司去年七月开始，给员工两天有薪宠物年假，让他们带猫狗看病或做手术。英国邮政署甚至考虑给员工"丧假"，让他们办理去世宠物的"身后事"。

Goldie 可说是我的私人医生，它改变了我枯燥呆板的生活。每个星期日早上我们都一起亲近大自然。我逐渐发现在我所有开心愉快的回忆片段中，总有它的身影出现。

Goldie 从不掩饰它的感觉，很直接，也很热情。在手术前，它每天都跟我一起上下班，之后我发觉它的身体已大不如前，亦可能是年纪大了，会很容易打瞌睡，休息的时间亦相对较长，我便缩减了它"上班"的日数，由一星期六天变为一两天。当我每天回家那一刻，它就欢天喜地又叫又跳，就像跟我分开了很长很

1. 为了避免 Goldie 去舔尾巴的伤口，唯有给它戴上头套。
2. 为了可以让 Goldie 跟我一起上班，在找办公室时要多花些时间。
   Goldie 站在办公室入口接待处。

长的时间。周末早上，它等待出发时又会表现得焦虑不安、亦步亦趋，唯恐我会溜之大吉，忘记对它的承诺，原来狗的感情世界比人的简单得多，直接得多。

Goldie 有着正面的情绪表现，会忘记不愉快的事。它做尾巴手术时很痛苦，但不久就适应了自己的兔子尾，不期然就愉快地摇动起来了；被责骂之后也不会心存怨恨。它的世界是真正的"活在当下"。正因为 Goldie 已认定周末是旅行日，如不能如愿它必会整天闷闷不乐、没精打采地待在墙角。为了令它开心，七年来我不断寻找旅行路线，发掘新鲜事物，最后连自己的生活态度也因 Goldie 而改变。这些回忆只有喜悦，没有伤感。

写这本书的目的，是希望跟大家分享一些人狗皆宜的旅行路线，更希望增添你与爱犬外出的乐趣。狗不单是人最佳的伴侣，亦是家庭的重要成员之一，它乐意将所有的爱付给你，并以你作为中心生活，你是它的一切。各位读者，希望你们不要忽视它们的情感生活。以忙碌为理由只将剩余的时间分配给它，或任由家中保姆饭后把它拖到街上，而自己只顾谈天说地，狗儿则百无聊赖地在一角呆等。大家何不带一个水壶跟狗儿到郊外走走，呼吸新鲜空气，享受舒展身心的时刻，让它们在你心上注入关爱的力量。或者就在这个周末一起出发吧！

当我们反思一些既定的想法时，可能会对你的爱犬有更深刻的体会。

与 Goldie 一起上路，是人生一大乐事。

序二
一只狗的遗嘱

　　有一篇文章，我每次看过都会心碎，希望可以和大家分享，请你用心爱和尊重你的狗儿；在大自然的怀抱中，我们都是平等的。这是一篇令人落泪的狗自述，是美国密歇根州一名男子以七千美元刊登的全版广告，旨在教育大家如何正确地对待宠物。全文如下：

　　当我还是一只小狗的时候，我的顽皮滑稽行径每每惹来你的笑声，为你带来欢乐。虽然家里的鞋子和枕头都给我咬至残缺不全，你依然把我视作你最好的朋友，甚至把我唤作你的孩子。每当我到处捣蛋，你总会对着我摇摇手指说："你怎可以这样呢？"不过最后你都会向我投降，闹着玩地搓我的肚皮。

　　你忙得翻天的时候，百无聊赖的我把家里弄作一团糟。我的无声抗议对你总是管用的。每晚睡觉前我都会跳到你的床上，倚着你撒娇，听你细诉自己的梦想和秘密。我们常常到公园散步、追逐，偶尔也会驾车兜兜风。有时我们会停下来吃杯冰淇淋——你总是说冰淇淋对狗儿的健康不好，所以每次我只能吃到雪糕筒。每天午后我都会在斜阳下打盹，准备迎接你回家。这些日子，我确信是我一生中最快乐的时光。

　　渐渐地，你花更多时间在工作上，再花更多时间去找寻你的另一半。无论你有多繁忙、有多困恼，我都会耐心守候你，陪你度过每个绝望心碎的日子，并支持你的每一个选择——尽管那是一个糟透的决定——无论发生什么事，每天你踏进家门，我还是会一样兴奋地扑向你，热烈迎接你回家。

终于你谈恋爱了，我为你感到无比的欣慰。你的她——你现在的妻子——并不是爱狗之人，对我这只狗儿总有点冷漠，但我还是衷心地欢迎她到家里来。对着她，我也绝对服从，偶尔还会撒撒娇；我要让她知道我也很爱她。后来你们添了小娃娃，我也跟你一样感到万分雀跃。我被他们精致的面孔、他们的一颦一笑慑住了。我真想疼一下他们，好像爱你般爱你的孩子，然而你和你的妻子却深怕我弄伤他们，整天把我关在门外，甚至把我关到笼里去。

你的孩子慢慢长大，我也成了他们的好朋友。他们每每喜欢抓着我的毛皮蹒跚地站起来，喜欢用幼小的指头戳我的眼睛，喜欢为我检查耳朵，也喜欢吻我的鼻子。我尤其喜欢他们的抚摸——因为你已经很少触碰我了。有时候我会跳上他们的床，倚着他们撒娇，细听他们的心事和小秘密，一起静待你把车子驶进车道，听着你回家的声音。我喜欢他们的一切，如有需要的话，我甚至愿意以自己的性命去保护他们。

我总是深信你的快乐就是我的快乐，我是如何爱你和你的家人呢……这样的想法，令我最终成了"爱的俘虏"。

曾几何时，人们问起你家里可有宠物的时候，你总是毫不迟疑地从钱包掏出我的照片，向他们娓娓道出我的逸事。不过，近几年有人问起同一个问题，你只会冷冷地回答："是。"随即转向别的话题了。我已经从"你的狗儿"变成"一只狗儿"了。你甚至对我的开支变得吝啬。后来你的仕途来了个新转机，你极可能要到另一城市工作，移居到一幢不许饲养宠物的公寓去。终于，你为"家庭"作出正确的抉择。可是，你可还记得我曾几何时就是你"家庭"的诠释？

你的车子出发了。我不知就里，在旅途中充满期待。终于我们抵达的是一家动物收容所。

里面传来的是猫儿和狗儿的气味，还有恐惧、绝望的气味。你边写着文件，边对那里的人说："我知道你们一定可以为它找个好归宿的。"看着你，他们耸耸肩，露出一个很难过的神情——对于这里的老犬最终会走的路，他们了如指掌；纵使老犬们身怀着各种各样的证书，又奈何。

你的儿子紧抓着我的颈圈，哭喊着："不要！爸爸，求你别让他们带走我的狗儿！"你狠下心前去撬开他的小手指，直至他再也触不到我。我担心他，更担心你为他教的人生课：什么是友情？什么是忠诚？什么是爱？什么是责任？什么是……对生命的尊重！

你始终要走了。你躲开我的目光，最后一次轻轻拍我的头说再见。你礼貌地婉拒了保留我的颈圈及拉绳，头也不回地走了。

我知道你有你的期限，我也知道自己的期限将至。

你走了以后，收容所那两位好心肠的女士说，你既然早知道要离开这城市，应该为我的未来作出打算。她们摇摇头叹息道："你怎可以这样呢？"

这里的人一天到晚都忙得团团转。但倘若时间许可，他们总会抽空照料我们。在这里我的食物不缺，可是这几天以来我已不能下咽了。

最初每当有人经过这牢笼，我都会满心期待地跑过去，以为你会回心转意把我接回去。我多么渴望这一切一切只是一场噩梦啊！后来我退而求其次，只盼望有谁会来救救我，或者只是关心一下，我已心满意足了。更多更多的小狗被送到这里来，我这头老狗唯有撤退到最远的一角。可悲的是它们仍然天真活泼，似乎对将要面对的命运毫不知情。

我听到她的脚步声，一步一步迎着我而来。我知道那一天终于来临了。

她带着我轻轻走过长廊，走进一间异常寂静的密室里。她轻轻抱我放在一张桌子上，揉着我的耳朵叫我不要担心。我清楚听到我的心因为预期即将发生的事而怦烈跳动，可是同时脑里隐隐浮现一种解脱的感觉。

"爱的俘虏"时日无多了。但是本性使然，我还是为她担心。我能感到她肩上负着十分沉重的担子，就像我能感应你一切的喜怒哀乐一样。她淌着泪，温柔地在我的前腿套上止血带，我也温柔地舔她的手，犹如许多年以前我在你悲伤的时候安慰你一样。然后，她以熟练的手势把注射针插入我的静脉里。一阵刺痛以后，一股冷流走遍我全身。我开始晕眩，我感到倦了，躺下了。我看着她慈悲的眼睛，喃喃地说："你怎可以这样呢？"

　　她好像理解我的话，拥着我连声道歉，并急忙解释她必须要这样做以保证能带我到一个更好的地方，一个充满爱和光明、跟尘世不同的世界，在那里我不会再受冷落、遭遗弃、被欺凌，不用再到处闪躲，不需再自谋生存。

　　我用尽全身最后一分力气向她摇了摇尾巴，我竭力想让她知道，这句"你怎可以这样呢？"并不是对她说的，对象其实是你——我最爱的主人。我想念你。我会永远怀念你，永远等待你。

　　我希望你生命中的每一个人也可以同样忠诚地对待你。

　　别了！我最爱的主人。

　　　　　　　　　　　　　　人类除了与自己之外，与狗的感情关系是最深厚的。

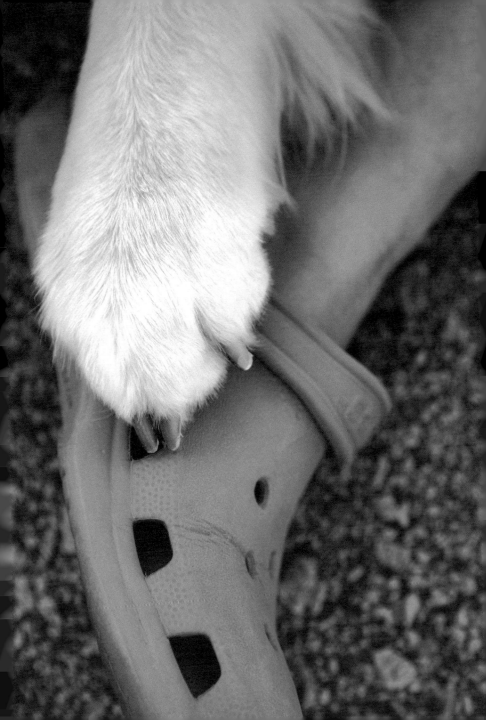

在山顶卢吉道，我（右）遇到了同年纪的 Marco（左），他的性格十分活泼开朗，第一次见面便带着我跑上路旁的斜坡。

第一章
Marco, 你搭过飞机吗?

我的名字叫 Goldie，我两个月大时认识了主人，跟他们回家，他们在自我介绍时说：男的名字叫爸爸，女的名字叫妈妈，而我则叫 Goldie。

我约六个月大开始，每逢周末我们都会到不同的目的地旅行。山顶是我在一岁前去过最多的地方，由于是星期日早上，只要在九时前到达卢吉道，游人较少，我可以脱掉身上的小背心及拖带，自由自在地到处走动，享用我心爱的早餐——吞拿鱼蘑菇酥。吃饱后，会在卢吉道走一个圈。走毕全程约一小时。我在路上认识了 Marco。

周日早上在这段路上会遇到很多朋友：有跟我一样的金毛寻回犬、我的近亲拉布拉多、爱尖叫的史纳莎、冷静的唐狗、充满好奇心的西伯利亚雪地犬及古板的八哥。我对他们兴趣不大，只会走在爸妈前面三四步，每周如是。

我差不多三岁那年，如常到山顶，吃过早餐后，开始一小时旅程，我一如既往走在前面，忽然主人停下来，用手抚摸着另一只金毛犬。他的样子跟我的相似度达 90%，身手很灵活，可以轻松地"嗖"一声便窜上斜坡。妈妈轻抚他的头并赞叹地说："哇，好漂亮的金毛犬喔！"看他比我还神气，一副趾高气扬的模样。像在跟我说："看你的主人多么喜欢我。"为了不让他独领风骚，我主动走上前与他打招呼，妈妈看了很高兴，还叫我俩交个朋友。

"我叫 Marco。"

"我叫 Goldie，今年三岁。"

"我也是呀。"

从 Marco 身上所沾的草泥味，就知道他一定在外头混了很久。Marco 的主人每个星期日都会和他由湾仔峡道跑上山顶，他说："很好玩啊！到这里不用系上牵引带的，我可以自由自在地随意乱走！"又补充说："我可以走到矮树追逐小鸟，也见过蛇，还有麻鹰、蜗牛……"Marco 有说不完的话题，而我只有"哦哦"地跟着回应他，倏然我停住了脚步，对他说：

"Marco，你搭过飞机吗？"

"什么是搭飞机？我不知道，听说很麻烦啊！每次妈妈都拖着大行李出门，总要几天才回来。还把我送到狗酒店关上数天，最怕遇上多事的住客，整天吵个不休，也不可随意到外面玩耍，听说这就是搭飞机了。"

"Marco，我搭过飞机到过另一个世界，见过大雪纷飞、结冰的瀑布、高耸入云的大杉树，还在大学校园草地上打过滚，见过双手拿着果实在啃的大尾鼠，坐船到运河水坝去钓过三文鱼，还有……"

一直喋喋不休的 Marco 骤然静了下来。

在山顶经常会遇到各式各样的狗，他们见面都会用自己独特的方式打招呼。

19

第二章
卢吉道的两个世界

周日早上，我都会在山顶的法式咖啡店吃早餐。

　　我认识 Marco 的那段路叫卢吉道。听说这条环山而建的山径是香港早期的历史遗迹，是一位叫卢吉的人开垦的，建成后更被誉为"人工征服自然者之最伟大工程"。

　　逢周日我坐吉普车由北角出发，望着不断后退的大树。阳光从树缝间洒落到车顶的天窗，令我心情特别开朗。我把头探出窗外，尽情享受风吹起头毛的感觉，山顶空气中的味道与山下的迥然不同，我较喜欢那股山上的气味，车程大概半小时左右，为了让其他狗都认得这是我的"地头"，我会在车旁方便后才起行上路，留下记号，亦有助我回程时找到正确的路线。

就我而言，这个叫山顶的地方，凑合了叫我喜爱但却不了解的两个世界。这里的人大多对我很友善，同类随处可见，气氛轻松又融洽。在广场喷水池边溜达，有些途人会蹲下来跟我打招呼或拍照，看着他们走来走去，有时更发出怪声吸引我的注意，真感自豪啊！有时我会故意东张西望，不肯望镜头，让他们干着急也好，戏弄他们一番。有些小孩会走近我，瞪着眼怪叫，不过他们的父母对我都是客客气气的，也不会冲上前把小孩拖走。

　　走进卢吉道又是另一个世界。部分途人遇见我会还以一个不太友善的眼神，还会匆匆地把自己的小孩远远拉开，口中念念有词责备我的存在，有些女生在老远已躲到男的背后，露出半边脸窥探我的一举一动。在宽阔的路面上，他们总是挨墙闪身而过。我从来不加理会，更不会走近他们身边，但总不明白他们为何会尖叫。我觉得这些人视我为一种威胁，他们又有否想过这些尖叫声也令

在路上及山顶广场都会遇上对狗很友善的途人。

我不安与害怕呢！

　　卢吉道有不少别具一格、古朴典雅的私人大宅，风景很优美，路上有瀑布和气根及地的大榕树，充满着原始森林的感觉，中段一条向山坡以外延伸的栈道，可以看到整个维港的风貌。向下走去，景致犹如一幅移动的风景画，由港岛南区一直向西区、中区及东区伸展。近日路边更加建了几个木造地板的观景台，居高临下可以看到对岸的景物。假日的早上坐在这里，一片宁静，只有风吹树叶的声音，倘若时间可以永远停留，那多好！

外籍小朋友的装扮像个专业远足人士，他不会说话，但却会用身体语言告诉我：
"喂，大家交个朋友，可以吗？"

1 2

3 4

1. 山顶广场凌霄阁有一家 Pacific Coffee，外边露台可以带狗入内，在这里可看着缆车缓缓地向山顶进发。
2. 这里树林成荫，是香港早期的郊游散步栈道。
3. 卢吉道在二零零七年进行翻新工程，部分景点铺设了木造的观景台，可以在此眺望港岛南区的景色。
4. 这里的景色像流动的风景，由南区一直转移至西区及中区。

交通

乘坐出租车每只鸟兽额外收费五元

停车场收费

山顶广场，二零零六年九月十五日起加价，时租由二十五元加至四十元，但同时增设消费泊车优惠，购物满一百元可以四十元泊车三小时，三小时以上至全日则收费一百元

电召客货车

每辆货车一般每程接载最多三只狗。车资视乎路程，港岛区约八十至一百八十元，相约其他狗主既有伴又可节省车资

1. 不论天气阴晴，是雨是雾，我俩都会行这段路，这是我们的集体回忆。
2. 这位人力车夫是山顶明星，游客找他拍照要付钱，而我却不用。这是我在山顶第一次拥有特权。
3. 从山顶俯瞰南区薄扶林水塘的景色。
4. 山顶是我常去的地方，七年光景留下了不少愉快的回忆。
5. 大雨过后，我竟然发现路上有山涧冲下来的蟹。
6. 走累了！我俩在椅上休息。

第三章
一辈子难忘

某天早上，主人拖着一个很大的行李箱出门，我最讨厌这件黑沉沉的东西。每次它出现，随后总会有好几天见不到他们。

不明白为何爸妈总是这样的。跟大箱子出门总比跟我外出的时间长得多，最少也要数天才回家，与我外出就往往只有数小时。

奇怪这次大箱子离去后过了很久还没有回来，而妈妈也没有回来。大概隔了一个多月吧，一天爸爸拖着另一个大笼子回来了。笼子真的很大，分上、下两半。他把我最爱吃的凤梨酥放进笼里，再把我往内推，继而把笼的上半盖上，并装上一道小闸门。我在看着爸爸，心想难道又要回到小时候困铁笼的日子？真叫我极度不安。过了不知多久，他把小闸门打开让我出来，笼子就搁在大厅中，也没有再抓我进去了。日子一天天过去，一天在晚饭过后，他带我到家附近的山坡去，玩了数小时，累得不得了。第二天早上，家里一早来了两个陌生人，跟爸爸抬着那大笼与我一起坐上一辆小型货车。没有人跟我说要到哪里去，心里又忐忑不安。时间过了约半小时，车停下来后，爸爸要我再坐进笼里，我心里很害怕，他不由分说从背后硬推着我，我唯有用手把笼向前推，围观的人都笑了起来，叫他着急并大声喝骂我。我心里很难过，脑子里一片空白，害怕得要死，手脚不听使唤，最后，还是周围的人助他一臂之力硬把我塞进了笼里。

我在三岁大时到加拿大玩了足足一年。

之后他们把困在笼中的我搬到手推车上，推到一列柜台前，周围的人对我都很好奇，有的走过来跟我拍照，坐在柜台后面的人跟爸爸交头接耳，偶然听到我的名字 Goldie，叫我知道她们在谈论我。大半个小时过去，我被移到一道会走动的黑色胶带上，我从闸门后面看着爸爸，心里很焦虑，看到他跟我挥手，我使尽全身气力又跳又叫，差点像三流监狱电影里的犯人一样，奋力地用两只前脚抓着栅栏摇晃，但旁边机器发出的声音实在太嘈杂了，那走动的胶带把我带到一处看不见他影子的房间。这是怎么回事？心里倏地生出一股绝望与恐惧的强烈感觉。

也不知待了多久，弄了半天，我已累得半死，加上昨天晚上跑得太多，很快便进入梦乡。朦胧间我只感到铁笼被搬来拖去、抬高放低。猛然间，铁笼强烈地震动起来，我的身体前后摇摇晃晃，被吓得全身发抖。惊魂甫定，我转头看看四周，发现身旁原来另有一只小狗在悲鸣："放我出去，放我出去。"亦像是自己的回音。看到他惊恐的双眼，竖起耳朵，心神不安地监视四周，直觉告诉我，他来这里的目的跟我一样。

刻板的机械声，犹如给我扭开了催眠器，使我模模糊糊进入睡眠状态，梦中见到妈妈，她给我炮制牛油曲奇饼，又跟我在草原抛球玩耍，偌大的草原，没有边际，阳光柔和，风吹起我的披毛……

在梦中，我也曾颠簸至醒，像是硬要把我从大草原拖回到现实，时间不知过了多久，看着大箱内放的水及食物，我哪有心情吃呢？睡睡醒醒，昏昏沉沉，真不舒服。时间为何过得这样慢？仿佛停顿了一样。越想越不是味儿，难道再没有机会跟爸妈见面了吗？

我宁可相信现实是一场噩梦，因为它总有从沉睡中清醒的一刻。那只嘈吵的史纳莎居然也睡着了。刚才昏睡过去时，迷糊间梦见妈妈，而我就在沙滩上奔跑，跷着脚丫，沙子软软的、痒痒的，真是很爽！每次看到小螃蟹在黄金般的沙滩上觅食，妈妈总会把它从我的爪下放回水中。潮水涌来时，我向后退，那一进一退，真好玩！

还不知颠簸了多久，忽然地面轰的一声。史纳莎霍然惊醒大叫，然后一道光线从门口射入，门打开了。我、史纳莎及一只憋在木箱内的大乌龟被移到车上，我终于出来了，吸一口新鲜的空气，忍不住高兴地叫嚷，太舒服了。

我与铁笼子、史纳莎及大乌龟先后又被抬上黑色的运输带，缓缓

圣诞节在多伦多市中心海畔玩耍，湖边刮风冷得要命，地下厚厚的积雪，看我俩笑意满盈，不亦乐乎。

向前推进，在出口，我伸长脖子目不转睛地盯着每个路过的人，跃动的心情又回来了。忽然，一股熟悉的气味扑鼻而来，错不了，那是爸爸的气味。运输带一直向前行，终于见到爸爸了。他快步走过来跪在地下，不断重复叫着我，跟我说了很多话，之后把我和大笼子搬到手推车上，经过一扇大门，在打开闸门的一瞬间，我飞奔出来，心想："我恢复自由了！"

憋了很久的尿尿，蹲下半秒，爆发似的撒了一大泡，一辆车从路的另一边驶过来。原来妈妈来了，她甫下车，我立即冲上前扑到她身上，脚掌搭着她的肩膀。妈妈不停抚拍我的头说："Good boy, Goldie, you're a good boy..."我也说："很挂念您喔，您到哪里去了？"

激动的心情平复后，我坐在车内静静看着窗外的风景，寒气凛冽，却很清新，车窗外到处都是白茫茫一片，与老家的景致完全不一样。原来飞机把我带到一个叫多伦多的地方，妈妈介绍了两位老人给我认识，一个叫公公，一个叫婆婆。

就在这里，我开始了充满惊奇逗趣的新生活。

在加拿大多伦多的家，附近有大草地给我玩耍。

第四章
另一种生活

圣诞日我们一起在漫天风雪的多伦多湖畔度过。

第一次踏在雪地上那种奇妙的感觉，叫我兴奋得大叫。谁知刚下来的新雪，却令我整个身体陷进去，匆忙间吃了一大口雪："唔！味道跟雪糕差太远啦。"踏在白雪上有种"喀吱喀吱"的声响，每天早晚我例行外出办大小事，回来后我的四肢也冷得厉害。

　　这里的环境实在比香港好得多喔，在公园里遇到的大人或小孩都很和气、友善，大多会走近跟我们打招呼，我又可以随意在草地上奔驰，没有人会向我大呼小叫，也没有那些凶神恶煞、穿制服的人前来驱赶。到处都是大草地，给我带来很多快乐的回忆。在香港只有少数公园欢迎犬只进内，但那小得可怜的地方均免费送你狗只大小便的异味。为何讲英语的同类与我有截然不同的待遇？

　　这里天气变化很大，早上出门空气还是冷冷的，到了中午，阳光照在草地上，马上就暖和起来。躺在暖而软柔柔的草地上晒太阳，就懒得动弹了，我最爱靠着家里后院的大树干午睡，日子过得真惬意。

我俩在多伦多市郊英式小镇 Unionville 。

一天周末，妈妈拉着冰箱带着两老与我驾车到一个偌大的公园。抵达后，他们忙着搭帐篷，而我在四处溜达时，认识了一只叫阿拔的牧羊犬，阿拔大部分时间都嚷着自己无聊，不过它还是每天在湖里戏水，之后必定会倒在草地上呼呼大睡。这次尽兴而归有很多原因：首先，当然是三天的假期正好让我玩个痛快，全程有车代步，不用过度步行，否则叫我后腿酸软难当。晚餐都是我最爱的烤肉，公公、婆婆跟妈妈不一样，总给我最大的一块，有时趁妈妈不留神，或我向他们投以令人垂怜的目光，又可以争取再要额外的烤肉，叫我吃得太痛快了。

在平常的日子里，公公总爱带我到公园看报纸，消磨一整个上午。除了狗只，最常见的是一种有卷曲尾巴的大尾鼠（squirrel），这种大尾鼠是爬树高手，坐在树干上，还可以灵活地运用双手捧着果实细嚼，它们身手矫健，绝不比我逊色啊。天气好的假日，公公或会与我结伴钓鱼，船只沿着河流的下游慢行，刚开始的时候并不习惯船身的左摇右摆，船上也没有特别的事情可做，真是纳闷，唯一感到安慰的是船上的人总会给我买食物：菠萝包、蛋挞、三明治、曲奇饼……叫我大快朵颐。每周一次的坐船经验，叫我很快便适应了，怀着吃饱后的满足感，啥事不做，享受在甲板上晒太阳的闲逸，睡着也会嘴角上扬，能吃能睡，好福气嘛。

爸爸回港前的一天，我们一家出发到尼亚加拉大瀑布，又高又直的大杉树随处可见，大瀑布飞起来的水花发出很大的声响。那天，到达后下着毛毛雨，我穿了一件浅紫色的抓毛外衣，冷空气似乎就在身体里四处乱窜，冷得我直打哆嗦，实在没有太多的精神思考其他事情了，还是及早躲进车里取暖。那天，妈妈跟我说在水雾云烟的大瀑布看到叫彩虹的东西，奈何我对颜色的分辨可说是无能为力，除了水花及轰隆水声，什么彩虹也看不见。

在加拿大的日子很愉快，天气又好，毛发长得又长又快，色泽光亮。公公早晚给我提供源源不断的新鲜水果、干粮零食，在妈妈不在家的日子，更可以终日吃个不停，只要随时给两老摆摆尾巴、递递手、扮个可怜相，自然坐享双倍美食。平日外出，最爱坐在车厢内妈妈旁边的位置，很多人会向我挥手打招呼呢！曾经想过永远留在这里，不要回去，就让我给公公婆婆做个伴嘛。

1. 加拿大到处都有大草地供动物玩耍。图为温哥华史丹利公园。
2. 公公与我的朋友阿麦一起踢足球。
3. 尼亚加拉大瀑布的水声隆隆，叫我什么也听不到。

第五章
我爱骑单车

虽然单车上的座位很狭窄，但我总爱坐在司机旁的位置看风景。

记得小时候，坐车会"晕车浪"，第一次坐车回家，在老爸身上呕吐大作；第二次坐车到诊所打预防疫苗针，只是短短的十分钟车程，也把出门前所吃的早点都呕落一地。为了解决我乘车不适的问题，妈妈在我登车前，先在车内摆放一些零食和清洁的饮用水，或是把我最喜欢的小玩具放在汽车坐椅上，让我把坐车和美好幸福的感觉联想起来，久而久之，坐车变成了乐趣。

每次妈妈把车门打开，我已懂得立时跳到后座位置蓄势待发。每隔六七天就有机会去游玩，不是在街角逛逛而已，而是有特定的目的地。

　　出发前的晚上，妈妈会告诉我明早会带我外出逛街。听过后，翌日我总会不期然一早醒来，虽然天还未亮，就迫不及待窜进妈妈睡房里踱来踱去，好不容易待他们整装待发，我亦步亦趋，确

大堤坝是我俩的散步道。

41

看我独霸整辆单车，多爽！

保他们不会忘掉我。每当爸妈打开柜门，拿出我的水樽、围巾，才叫我放心下来。有次心情实在太兴奋，竟然在出门时撒了泡尿，结果被臭骂了一顿。

大尾督是个好地方，周围充满了炭烧的肉香。我第一次到这地方已爱上它。早上的第一项活动是骑单车。我们一家三口租了一辆三轮车。妈妈是司机，我拣选坐在她旁边的位置，在北美的日子，我同样是坐在她身旁，习惯成自然，就是这样占了老爸的座位，他却无可奈何，看来显得不太高兴。老爸，对孩子要多一点宽容、多一点爱心，小孩方可在身心健康的环境成长，不要斤斤计较啦。在大堤坝上迎面而来的人，每当看到我优哉游哉地坐在老妈身旁都会哈哈大笑，或许他们从未遇到过这么大的狗只坐单车吧。单车的座位不错，虽然较狭窄，但够威风嘛。同类们，骑单车讲求技巧，只要好好掌握个中的窍门，不单可以享受骑车的乐趣，更可称心快意地轻松驰骋。由于单车的座位狭窄，对我来说在转身或扭动大屁股时都要加倍留神，慎防中途被挤下车。

走上船湾淡水湖的主坝，看着日落实在写意。沿直升机坪骑单车到大坝的尽头，走大约半小时，老妈年纪大，自己骑单车已经不容易，再要加上九十多磅的我，车速当然有如龟步般慢，反应迟钝则不容置疑，驾驶技术尚可，让我坐得舒舒服服也不应太介意。骑单车晃来晃去亦是一种另类的娱乐，挺惬意的。我最爱在大坝的石垄上歇息，差点忘了跟大家说，我总会招来一群前来合照的"粉丝"，我已见怪不怪，而老妈总是不厌其烦地替人家拍照，那些没有带相机的，她还免费用自己的相机拍下照片，然后记下人家的电邮地址，回家后把相片用电脑传送给对方，多体贴的服务啊！

到大尾督郊游的高潮活动是上餐馆吃饭，我们仁会到泰国菜馆午餐，我可以独享整盒海南鸡饭，老妈先把鸡去皮拆骨，鸡肉撕碎，拌上香喷喷的白饭，味道十足的"老妈手撕鸡饭"就出来了。对小孩要有爱心，鸡骨头容易刺穿狗的食道或肠胃，千万要小心呀！这里的饭菜比家里的好吃千万倍，老妈，回家要好好地改善我的食物味道和素质，以这餐馆作参考指标吧！

午饭后是两老到钓鱼场钓鱼的时间，十之八九，他们奋战数小时还是一无所获，钓鱼这活动不是我那杯茶，可以说是毫无兴趣。唯一吸引我的是钓鱼后的饮食。在一整天的活动中，这是我最佳的中场休息时间，老妈为我带来的睡垫，适合户外登山露营、沙滩游戏及野炊之用，整天旅行活动皆为四脚着地，睡眠带来的全身肌肉放松是很重要的，所以必须带备旅行收纳式睡垫，让我享受一个舒舒服服的午睡。要知道午睡有助我头脑清醒，恢复精神，对身体有益。足够的休息对成犬至为重要。

遇上大埔"潮人阿伯"骑单车经过，阿伯向我拿木头，我自然不肯就范，与他斗力一番。

看！他们全是我的小朋友 "Fanzine"。

在大尾督鱼塘的桥上走动，地下左摇右动，要步步为营。

在停车场对面有一个由鱼塘改成的饲鱼场，可以免费泊车，提供渔竿及鱼粮，
这里可钓到鲫鱼及鲤鱼。

饲鱼场四周的风景也很幽静，
可以悠闲地度过一个下午。

快乐的时光总是过得特别快，夕阳西下，是归家的时候了。

看着石凳上的"大鸟"，心想为什么它可以振翅高飞？

第六章
大坳门追"大鸟"

在秋凉的日子，我最爱到大坳门"追鸟"。躺在草地上看蔚蓝的天空，雀鸟翱翔，具有抚慰人心与狗心的神奇疗效。

这里的草地是老爸放"大鸟"的好地方，设有足够的咪表车位，甫到达就可以下车飞奔，省了不少找车位的时间。下了车也不必问路，追踪肉香寻去就是。四方八面扑鼻而来烧烤香味，口水都在嘴角泛滥成灾了："哇！这才是我要的大餐气味！"忽然觉得豢养我这只狗可真容易，平常只要给我吃点清淡家常菜便成了，假日想当然可以放纵一下，而烤肉是我的最爱。穿过烧烤营地，就是一小段上山的斜路，爸爸爱跟我赛跑，当然不会是一场激战吧，老爸一把年纪加上大肚腩，又怎可能是我的对手呢？跑到终点，父子俩都以口鼻齐来呼吸，因为我太高兴了，心情兴奋时就以鼻子大力喷气，老爸呢，也像我一样大力吸喷，看他呼吸紊乱、气喘吁吁的，真是可怜天下父母心啊！这儿风大，爸爸把带来的"大鸟"，系上线子，头两次都没有放得很高便掉下来，到了第三次在一小段助跑后终于让"大鸟"飞起，高高地挂在天空，看到"大鸟"在空中飞翔，还挺有成就感的。"大鸟"向上飞，我就从后面追跑，"大鸟"越飞越高，无论我怎样吠叫，它都不回来。真奇怪！"大鸟"总不爱跟我们玩，只爱往天上跑，从不听指令，而且越跑越远，换作是我，老妈才不会轻易放我一马，即使不就地正法，回家后也总会叫我不好过！

就是这样你追我跑，到大家累得再也走不动了。索性躺在草地观看天上的"大鸟"，这里是歇息的好地方。

到午饭时间，眼见人家生火烤肉，烤架上的肉发出嗞嗞的响声，那肉香让我溢出了满嘴的口水，大半天没有进食，是时候吃些烤肉来补充一下，感觉肚子里老是空空的。老妈见我一副饿相，便及时拿出为我预先准备的午餐便当给我果腹，盖子一打开，狗饼与胡萝卜？不是吧！竟给我淡而无味的狗饼？为何不为老爸多留一份？我已被那香气骚动得心慌意乱，可恶的老妈，简直是狗哥的恶魔，当烤肉的香气依旧无了无休地萦绕在我左右，看到烤肉鲜嫩多汁、去骨无脂，我怎么可以跑开让恶魔控制我的命运，我快速地啃食便当，为求在他们完事前分一杯羹，烤肉香真是害人不浅啊！即使已经吃饱了，就算完全不觉饿，鼻子却好像跟身体其他部位分离似的，主导小脑分泌唾液，下次出门前得好好留意她为我准备的午餐材料。虽然给我吃的同样饱肚，但美味总是你们一伙单享独尝，难道我一辈子非做你的小狗不成？平常在家吃的家常菜，算了吧，我也没有投诉，想不到假日郊游的最重要事项也是马虎了事，这是什么态度啊？

香港多岛、多山、多海湾，是一个放风筝的好地方。

第七章
坐南丫岛的慢船
到一个喘息的地方

旅行对我来说是非常重要的，多走些地方，增广见闻就不用做土包子嘛。你能想象原本活泼、对一切充满热情的一只狗，却变得沉默寡言，独自待在角落里，这种老狗的心情，你可明白吗？上天必然理解，所以赐我一个懂得开车的司机、一个跟我尽情玩耍的玩伴，老天爷算是眷顾我这只老狗了。

　　基本上，狗和人类都是一样，需要受到尊重，人在潜意识中，只把"狗"当"狗"，而非当作同伴或家人；人在思考模式上，总是从自己的角度出发，这个社会又怎能懂得"尊重"呢？这样发牢骚，是有原因的，事缘是一年里总有几次坐船的经历，却总叫我不顺心……

在开往格树湾的快船上，小朋友抱着爱犬坐在底层运船的地上，这就是我们对待狗主与狗只的态度。

到南丫岛的索罟湾需要搭乘渡轮，约三十五分钟的船程，需要给我购买船票，盛惠十元，全程要戴上口罩，狗只不准进入船舱，作为乘客的饲主座位亦欠奉，人狗只能挤在没有空调设备、被浪花打湿而尽是污水的船尾出入通道，冬冷夏热兼免费赠送马达排放的大量废气，呼吸这种废气，绝对危害我俩健康。整个航程在轰隆吵耳声中度过，实在难受。这次乘船的经历真叫我不爽。今时今日这种待客态度，算是什么待客之道？

索罟湾的码头区尽是食肆，好不热闹，经过大半小时的船上风浪，胃里不识时务地翻腾，我俩在码头食肆稍歇吃早点，之后便沿路往前走到天后庙广场。一路上都是盛开的野花，可以饱览整个索罟湾的鱼排风景。开始的时间，都是上坡道，观景亭是首个休息站，处于山坳位置，景观极佳，风凉水冷，亭内的大麻石凳足够予我伸展一下筋骨，补充水分，在这里稍事休息，再向第二站进发。

沿观景亭一路上山，约走二十分钟就会到达整个旅程的最高点，攀向高处，风景更远更宽阔，垂直往下望，陡直的坡度却叫人有点惊心动魄。这儿附设免费胶椅供游人休息之用，凉亭的石台椅颇受欢迎，游人多会光顾小卖档，在这儿歇脚、乘凉。叫我最关心的当然是一支冰凉透心的红豆雪棒啦，老妈，天气热嘛，一勺糖又怎能满足小孩嗜甜的欲望？看着人家的孩子喜滋滋地啖着雪糕，我明白狗儿不能吃雪糕，但给我买个冰条之类也不为过吧！算是给我跟你郊游做伴的一点鼓励也好，不要吝啬那十元八块，之后我跟人家拍照的笑容会更灿烂啊！

海滩是第三个休息站，走过雪糕档便是下山路，我最爱从石堆走到海边。运气好的话会遇上没有救生员当值的日子，我们可以痛快地玩，跟市区泳滩比较，这里的水质和空气都比较好。最佳的日子是每年的十月至十二月份，阳光灿烂的下午，泡水也不觉冷。

从海滩往前走约十多分钟，就是吃豆腐花的档摊，丁点儿肉香也没有的豆腐花一点也不好吃，奇怪老妈总爱这淡而无味的食物，看来是她的味蕾出了问题。

1. 索罟湾有鱼排养殖户，可以登上鱼排参观。
2. 由梯级往下走，可以到达位于山坳的第一个观景台，在这里可以回望索罟湾的风光，十分惬意。

南丫岛是一个喘息的好地方，两个海湾，两个海滩，所谓的榕树湾大街，只是一条小巷。这街道最窄的地方只能容纳两人擦身而过。沿着榕树湾大街往深处走，街边是三三两两闲坐聊天的岛民，脚边当然少不了懒洋洋的猫狗，岛上的原居民依靠渔业及狭小的土地耕种过活。岛上给人一种宁静祥和的感觉，也是动物的安居之地。流浪猫狗几乎是南丫岛一道流动的风景线。日常生活中，猫狗必须在不影响人活动范围的前提下，才能争取到某些可以活

位于山坳的观景亭，风特别大，麻石凳给我带来透心凉的感觉。

动的空间，就算饲主遵守规则捡起粪便，保持环境清洁，也很可能因为周遭居民一些冠冕堂皇的理由，而剥夺狗只玩乐的权利。南丫岛——一个具自由空气的好地方，一个难得的人类和动物和平共处的福地，感觉爱就弥漫在空气中。

榕树湾一带，日落时分风景迷人，海水呈片片金黄。

在单幢式住宅后门有大草地，可以在这里玩抛木头。

第八章
自由愉景湾

同样是坐船，开往愉景湾的船对我们友善得多。

我不用买船票，最叫我高兴的是能够跟着爸妈同坐于最前排的专用区，船上有空调，没有对我避之则吉、狂走尖叫的乘客。从踏进船舱的一刻开始，我对愉景湾的印象已很不错，一个充满文化、与动物共融的社区。踏上码头，到处充满假日气氛。码头旁边的广场是大型周日市集。居民把自己的家当带来做小买卖。我穿梭其中，人狗同来赶集，对当地人来说是理所当然的事。

穿过大笪地，走到海边是一列露天食肆。有厨师在烤肉，在广场内，有中东烤肉包 Kebabs 。我们仨就在长凳上分享一份特大的 Kebabs ，一星期难得的美食，真美味！

外籍小朋友总会主动迎上来跟我玩耍。

这里是老外的社区，离开广场不远便是海滩，爸妈坐在树荫下。朝着阳光看海，仿似水和天空连成一线，岸上游人不多，大半都是老外，有睡觉的、看书的，那种度假的感觉又回来了。

　　离开海滩往住宅那边走，在独立屋前面的草地。我们玩抛拾木头游戏。爸爸用力扔出木条前，叫我准备并大叫："Goldie, fetch!"我就赶紧在它掉落地上时一口咬住。每次成功后，他们会拍掌称赞我好身手，叫我乐不可支。爸妈，你们可知道赞赏给我的鼓励远远超过给我零食，你们的快乐就是我的快乐。如果每一天黄昏，你们都可以带我到海滩坐坐，到草地抛木头，那多好啊！我们总免不了老去，但我永远会记起与你们的每一刻美好时光和友情岁月。

2
3

1. 在愉景湾，我可以随便躺下来休息。
2. 码头旁边的广场已经翻新，有新的食肆进驻，走过这里，恶魔般的烤肉味又在诱惑我，真难受！
3. 周日愉景湾广场内举行居民大笪地，我也可以去赶集。

赤柱村民在铁皮屋外添上 POP ART 图案，这种自发的社区装饰比新设的海滨长廊更吸引游人。

第九章
赤柱共融不再

赤柱像个永远未完成的地盘。

我对这地方不太感兴趣。赤柱大街人头涌动。走到海旁短短的马路，海边的工程犹如一个永久性的地盘。地盘外架起的铁栏最少放了两年多了，工程何时完成？可能只有上天知晓。圆形剧场旁的美利楼，建筑典雅，极目美好的风景，竟然连一家容许户外摆放座位供客享用的咖啡店、小吃店也欠奉，我这四脚动物当然不会是受欢迎的座上客。整个圆形剧场满布房委会保安员，他们的主要工作是维持秩序，包括驱赶我们，就算我们静静地坐在剧场外围的长凳，也会惹人嫌弃而遭驱赶，这是什么道理？

本来，赤柱还有一小片宁静的沙滩可以给我戏水。沙滩前方有八所旧式民房，门外有大树，家家户户在门外放上安乐椅，有闲息的、阅报的，一片宁静祥和。

赤柱本来是个充满小镇特色的社区，可惜近年因发展旅游之名而搞得不伦不类。

奈何数月间这一切都改变了，昔日小排屋前面的草地铺了户外木地板，不错，是整齐干净了，但同时亦被康文署挂上了"禁止狗只进入"的告示牌，我被禁止进入公园，而公园正正是进入海滩的必经之门，那又如何可往海滩呢？

赤柱大街的另一个海滨长廊近日已接近完工，有小商店、户外木造地台，也有草地，但也同时进驻了四五个站岗的保安员，当我正想跑到那难得见到的草地时，他们会立即上前驱赶，原来重建的海滨长廊又纳入了康文署的魔爪，一旦归入他们的管辖范围，我们就不能再踏足海滨一带。赤柱本来是海滨小镇，多年来人狗在海边闲息的画面，每每衬托出这地方的宁静和谐，人与动物共融。当一个社区的原有特色、原居民都得不到尊重时，谈何"生活素质"呢？社区使用

1. 赤柱海滨旁边的地盘好像永不完工。
2. 赤柱的美利楼重置之后没有融入当地环境，白白浪费了小镇风情与海景。
3. 自从康文署插手管理公共设施后，我们正式被禁止入内，既然不能穿过公园，怎样才可以到海滩呢？

的权利，到底是在社区使用者手中，还是在决策者手中呢？

另一个更叫人气愤的例子是当天我跟老妈把车停泊在赤柱商场的停车场内，下车后沿楼梯走往地面时，遭房委会的保安员着令禁止狗只使用任何停车场内的设施，包括楼梯。老妈气结地质疑司机可以从什么途径带宠物下楼，难道可以叫动物自行跃身地面？这种叫人啼笑皆非的鬼说法，比比皆是，想必是一群屁股指挥脑袋的废物败类想出来的鬼主意，真是人类的耻辱。我再也不要来这地方。事实上，每个公园多的是乱丢果皮、烟蒂的游客，怎就不见门口立个"禁止人进入"的公告牌？

这个所谓"国际大都会"、"动感之都"，保护动物的法例，远比欧美等地落后。在香港，虐待动物的最高刑罚是罚款五千元及监禁六个月。饶是量刑如此"轻量级"，虐待动物的个案屡见不鲜，过往却鲜有案例被判至最高刑罚。这"国际城市"总是对狗有着如此的漠视与不友善，对动物的基本尊重、胸襟也没有，可称得上国际大都会吗？我们的政府正是歧视"非我族类"、漠视生态的始作俑者。

赤柱不少地方现已禁止狗只入内，只因多了大型公共屋村及商场，坐在美利楼旁边的长桥，也会引来保安驱赶。

69

这是南区罕有的宁静小海滩，求求大家高抬贵手。

海滩上没有救生设备，不宜人类游水。只有人在修理船舶。难道这样也不容许我们去游水吗？

停车地点

赤柱广场时租停车场

停车场收费

星期一至四：每小时为十八元

星期五、六、日及公众假期：首两小时，每小

时为二十二元；之后每小时为二十八元

备注

邻近海滩设咪表车位

1. 新落成的海滨长廊又是禁止狗只入内，这是人类霸占我们生存空间的另一个例证。

2. 相信不久的将来当保安员长驻"新八间"时，我也不可以躺在这里。

1. 赤柱的海滨长廊工程完工之后，南区风景与我无缘了。
2. "新八间"排屋面对小海滩，如果能够在这里居住多好。
3. 这一秒钟我放开来在新海滨长廊草地上奔跑，下一秒钟我已被保安赶走。

与狗友善的城市

　　许多国际性的大都会，诸如东京、巴黎、洛杉矶、伦敦、温哥华都设有狗专用的公园，圣地亚哥甚至还有狗儿专用海滩。狗公园的功能，主要在提供一个让狗儿尽情奔驰运动、不用系狗带的区域，饲主在其中也可享受到与一般公园不同的活动设施，包括宽广的草坪、饮水设备、厕所、野餐桌椅、停车场等。在狗公园中，除了饲主能与爱犬同乐、相互交换养狗心得外，其他爱狗民众也能拥有与狗接触的机会，还可达到灌输对动物的正确观念等教育功能。北美最受欢迎的狗主网站"与狗友善"（dogfriendly.com），每年都会选出北美洲十大最适宜与狗同行的城市，虽然排名只限北美洲城市，包括美国及加拿大，但单看他们的评审标准，香港肯定包尾。

　　以下是研究员的评审标准：

1）有没有足够景点吸引人与狗同往？
2）城市内有没有适合宠物入住的酒店及度假屋？有没有特别的度假设施？
3）有没有适合与狗同行的一日短途行程？
4）在城市内往返是否容易？公共交通工具是否准许你与狗同行？
5）有没有旅行团，包括游船等欢迎你携狗参加？
6）有没有适合与狗同吃的地方？例如户外咖啡店。本地公园是否容许人与狗一起野餐？
7）有没有容许人狗同行的沙滩及公园？市内有没有无需牵引的自由行狗公园？
8）该城市是否过半人口拥有宠物，或有超过两千万人次的人狗旅行？该市政府是否过分管制人与狗？会否制造更多与狗友善的地方，抑或是限制狗只进入各地方？

根据这八项评审标准选出首五位城市，包括：

1）波士顿，美国麻省

波士顿地铁（Boston T）容许在非繁忙时间与狗同行，不论狗大小。市内有两公里长的自由散步道供人狗同行。有特别供人狗参加的周日旅行团，往波士顿周边地区玩乐，例如坐船 Cape Cod、Martha 酿酒区或与狗友善的海滩 Block Island。

2）温哥华，加拿大卑诗省

这城市有七个容许狗只自由活动的沙滩及二十个自由行狗公园，大部分渡轮容许狗只乘搭，公共交通工具则容许小型犬只乘搭。温哥华有不少美丽公园、户外食肆及咖啡店供人狗同乐。

3）纽约，美国

可以与狗住进最新最潮的型人酒店 W Hotel 或五星级 The Regency, Soho Grand Hotel 及 Novotel。市内有宠物出租车专门接载，亦有三十个狗只"自由行"

真羡慕在旧金山的狗可以到金门桥旁的海滩游泳。

的公园，市中心曼哈顿区的百货公司都容许牵引的狗同行。

4）旧金山，美国加州

香港人熟悉的旧金山是与狗度假的好地方，有大量海滩及狗公园，如风景优美的 Baker Beach, Ocean Beach 及金门桥公园。五星级酒店 Four Seasons, Palace Hotel 都欢迎与狗入住。不少公共交通工具容许人狗同行，例如出名的缆车、公共巴士及火车，每年八月，旧金山棒球明星球队巨人队会举行"狗之夏日"（Dogs Day of Summer）比赛，容许人与狗一齐入场看棒球比赛。

5）奥斯汀，美国德州

五星级 Hyatt Regency Hotel 欢迎你与狗同行，亦有其他连锁小酒店供人狗入住，例如 La Quinta Hotels 及 Red Roof Inns。市内有大量供狗只自由行的公园与海滩，亦有不少食肆有户外露台供人狗共进晚餐。

至于酒店方面，北美洲大型集团如假日酒店、喜来登（威士汀集团）及 Novotel 都容许人与狗一起入住，香港则是例外。

香港应该当选全球对狗最不友善的城市之一，所有康文署辖下公园及海滩一律不准狗只进入，让狗主仿佛回到民国初年，公园、海滩还挂着"中国人与狗禁止入内"的上海租界一样。市内巴士、小巴、铁路全部不准与狗同行，若带狗进入地铁及九铁的范围会遭罚款二千元；而小轮只限于离岛线慢船，提供最底载货那层共用，全层只有六个座位，部分狗主与狗只唯有全程罚站或坐在地下。市内容许与狗同吃的只有极少数户外咖啡店及西式快餐店，例如铜锣湾利园 Pret A Manger、山顶广场旁边的 Delifrance, Starbucks 及位于凌霄阁的 Pacific Coffee 室外露台。康文署管辖的所有范围如海滨长廊、公园、海滩，一律禁止狗只进入。艳阳高照的夏日，若饲主想为狗只散热消暑，唯有到设施欠奉的无人石滩游水，人狗安全毫无保障。从城市规划、社区设施到交通工具使用权等，政府全然漠视饲主与狗应享有的权利，狗主被视作二等市民之余，试问社会的人文素质又怎样提升呢？

香港绝大部分市区公园及海滩都竖立了各项"禁止"的告示牌。

一个荒废的海滩———夏莘薄

第十章
荒废之后

当赤柱大街及海滨越来越不欢迎我们时，幸好我们在附近找到了一个荒废的海滩——夏萍湾。香港只有人迹罕至的海滩才让我们下水，虽然我到过西贡大浪西湾、浪茄湾，水清沙幼，人狗同乐，但路途遥远，一年至多去一次。在市区的海湾，水质好，又有冲身设施，我会选夏萍湾。

这里原本与邻近的赤柱正滩，同属康文署管辖，派驻救生员，但近年夏萍湾的沙因潮汐水流而不断流失，岸边余下的是碎石，所以救生员都走了。就是这样，我们才有机会享用这曾经有一级水质的海滩。

到夏萍湾可以从赤柱正滩旁边走过去，沿途经过不少烧烤区，口水不由自主地又滴出来了，真令我难堪。穿过一个个烤肉地带后，便到达海滩，海旁都是大岩石，形状千奇百怪，像一张抽象画。近

1. 由于大自然的力量，原本幼滑的沙粒在几年间不知不觉地流失，每天流走一点，几年来已变了半石滩。人类认为不适宜他们游泳，才让我们有机可乘。告示矗立在无人沙滩上，宣告人类已放弃这个沙滩。
2. 赤柱正滩四周挂上 "No dogs allowed" 的标示，标志上的狗有长长的尾巴，我认为短尾巴的应不在禁止之列。

岸是碎石，经海水每天不断冲刷，已变成了石卵，走在上面不会刺伤脚掌。离海远一点是草地，长满了小黄花，煞是好看。地上间中有空出的大岩石，前来的人都是看海的：父与子、男与女喁喁细语，没有人游泳。这样也好，我可以独霸这个海滩。

妈妈怕我中暑，所以我们通常会在黄昏才出发，由六时左右玩至太阳下山为止。这时的天色是一天中最美丽的，太阳不再刺眼，海风柔和，高温也开始下降了。尤其这几天暴雨之后，空气特别清新。

在碎石滩走动比沙滩舒服，因为关节不会因沙面下陷而需使劲才可移动一小步，在碎石上跑来跑去都没有问题，偶尔发出两声尖叫告诉他们我喜欢这儿。

在走回赤柱正滩的路上，路旁山堆有一群野猫出没，它们分布在大石上，还煞有介事地看着我。可能是我入侵了它们的地盘。人们一直以为狗与猫是世仇，见面总会打架。其实在我眼中，它们是另一类动物，根本没有什么仇恨可言；只是当它们感到受威胁时会作出攻击。猫只十分灵活，抓了一下便逃跑，我们是追不上的。

实际上我对猫全无兴趣，根本也不望一眼就走过去，它们神经兮兮的样子，我心里觉得很好笑，若是这群猫一齐来攻击我，相信我也招架不了。幸好它们很有风度，见我专心一致地上路，很快便放下了警戒心，自顾自地在用手抹面了。

忽然其中一只猫"窜"一声在我身旁走过，吓了我一跳。幸好我算是有点历练的狗，很快回过神来，我想它是在试探我的虚实反应。

猫，总是比我们心眼儿多一点。无风无险走过猫群，很快便回到路边大吉普车。天已经全黑了，归家之时已到。

这样的夏日黄昏，我想最好是没有尽头。

1. 石头几经潮汐洗刷，棱角变得圆滑，不再刺痛手脚了。
2. 老妈在打电话，我乐得清闲，可以自己四周参观。
3. 夏萍湾的过人之处是遗留下来的完善冲身设施。

菲律宾小妹妹还未懂说话，一见我就高兴得手舞足蹈，既然是小朋友，就由你吧！

1. 就是这群山寨猫盘踞在夏萍湾与赤柱正滩之间的大石上，我对猫没有恶感，大家可以相安无事。
2. 由于游客都去了赤柱正滩，这里的烧烤场在周末也显得十分冷清。

与狗游水的
好去处

香港隶属康文署所管辖的海滩，都不准许狗只入内，更加谈不上游水了。狗主只好到偏远地区不属康文署管辖范围的无人海滩与狗畅泳，当中亦有水清沙幼的海滩，但大多路途遥远，这里提供了一些交通较为方便的地点作选择，如泥涌、龙鼓滩、大白湾、夏萍湾、达模湾等；也有一些风光明媚的海滩，如西贡的浪茄、大浪西湾、咸田湾等。

1. 海下湾（西贡）
2. 蚺蛇湾（西贡）
3. 东湾（西贡）
4. 咸田湾（西贡）
5. 大浪西湾（西贡）
6. 浪茄湾（西贡）
7. 龙鼓滩（屯门）
8. 土地湾（石澳）
9. 大白湾（愉景湾）
10. 达模湾（南丫岛，坐船去索罟湾）
11. 洪圣爷湾旁边（南丫岛）
12. 夏萍湾（赤柱，已废弃的康文署海滩）
13. 泥涌（马鞍山）
14. 白石（马鞍山）

一班年轻人在大尾督海湾学习浮潜，而我则练习踏水。

第十一章
石澳夏日无尽

我第一次去石澳才知道什么叫"落水狗"
在石澳的石滩上要小心行走，否则会受伤

闲日的石澳有一种懒慵慵的感觉。

最爱在草地上奔驰。在愉景湾、山顶、大坳门、湾仔海旁，总会找到软绵绵的草地。

最害怕走在碎石滩上，脚上倏地感到锋利坚硬，手掌常被石头夹着，实在不好受。平常日子的石澳，午后很宁静，阳光林间穿过，甚为柔和，石澳到处可见狗的踪影，它们躺在水泥地上晒太阳，声色不动地享受午后阳光所带来的温暖，懒洋洋地伏在地上，半伏着眼睛看我从身旁走过。我们往僻静石滩走去，餐饮及杂货店铺没有了假日的游客潮，老板都乐得清闲，在店前闲坐聊天，也是一份特别的宁静。

我们挑了大石块，放下东西，我在老妈旁边，看她着迷地看着海水顺着自己掘出的路径流走、绕进。时光仿佛凝滞在某处，没有人声，没有车声，只有水声，一切都是悠然宁静。月亮升上来，我跟着妈妈，在长长的沙滩上懒慵地走着，海水开始一点一点地向海岸蔓延，我体味着细沙、海水在脚缝间穿过的感觉。看着走在前面的她，仿佛她抓着的不是我的牵引带，而是她的梦想。妈妈，你对我说的话，纵使我不太懂，但我听得懂是你的声音在陪伴我。

回程时，我们在停车场回旋处旁边的泰国食肆吃饭，一如以往，我吃的都是白切鸡饭。老妈总是这么用心地将鸡骨拿走，把剩下的鸡肉拌上热饭给我。如果有一天，我们不得不分开时，请不要为我难过！人类与狗，真正的生活是用心体验每一刻，感觉那种从心发出的声音。

1. 我起初怕水，看到水涌到脚下急忙后退，但看得多了，很快习惯。
2. 老人与狗。
3. 海水的味道，令我有重回大自然的喜悦。

在泥涌潮涨时石坑被淹没了，我坐在石坑上就像熟练的泳手。

第十二章
泥涌鸡仔

整个六月上旬，连续一星期暴雨，每天窗外都是一片灰暗，心情不太好。早上如常赖在睡房享受冷气，不愿起来，虽然是旅行日，但心想这种天气出门寸步难行，又可以到哪里呢？

爸妈如常起来，我发现他们竟然换上短裤、T恤并戴上鸭舌帽，难道今天会去游水？一般人认为金毛寻回犬很喜欢游水，甚至认为我们是无水不欢、见水发狂。但我不属这类型。第一次游水是意外，四年前某个周日如常去旅行，那次目的地是一个要坐电动舢板前往的游艇会，当我小心翼翼走过窄窄的木板，正要跨步上船之际，忽然间后脚失足掉入水中，水花四溅，妈妈吓得大叫，幸好我天生懂得游水，只要四只脚在水中踏步，便可以来去自如。于是我自行游回岸边，这就是我的第一次，虽然我不太热衷，但到海边总较凉快，又不用像远足一样费气力，所以抱着既来之、则安之的态度出发。上车之后，我努力辨认路上的标记，起初我还以为是去大尾督骑单车，但很快发现路上的景物不一样，这是一条全新的路径，究竟这次要去哪里呢？

车一直在高速公路上飞驰，大半个小时之后，终于慢了下来，然后就泊在路旁的停车场。目的地竟然是在公路旁边？难道去错地方了？这时爸爸走在前面引路，我紧随其后，穿过路旁茂密的矮树，很快穿过树林，柳暗花明，抬头一望竟然是无际大海，海水正慢慢后退，露出了一片石滩。这时，妈妈已跑到石滩去，我有点犹豫，这样大的海，不是以前去过的小沙滩，会不会有危险呢？结果爸爸身先士卒走出去向大家证明，"看！水很浅，快过来，Goldie，快过来吧！"他催促着，我一步一步慢慢走出去，心里还是不太踏实，每步都很小心，沿着石滩一直往另一边走，原来这个早上也有其他狗儿来玩水。

在另一边石滩，一只年轻的唐狗走过来说："喂，你好，我叫鸡仔。"我说："我叫 Goldie，第一次来吗？鸡仔。"他答："是！"但显得有点害怕。这时我摇身一变成为经验老到的游水高手，对他说："鸡仔，不要怕！慢慢跟在我后面，一步一步走就没有问题了。"在石滩上，鸡仔身手十分灵活，像非洲瞪羚羊一样弹来弹去，避开大块的岩石，但却始终不愿下水。他在岸边叫："Goldie，你先示范给我看看吧！"

走到深水区，我实在也有点担心，怎样才可以下台呢？唯有跟在妈妈后面走。她找到一条在潮水下的水泥路，相信水退时这条石埂路会露出海面来，走在上边很爽，鸡仔从岸边看，好像我在游泳，而且还游得很快，好不威风，但鸡仔始终下不了决心下水，我唯有回到岸边，鸡仔的主人也走过来称赞我。

泥涌除了游水外，也有很多放"大鸟"的爱好者，看他们一身齐全装备，手上都拉着专业级的"大鸟"属沙滩翼伞型：这种海滩"大鸟"是专门为海风较大的沙滩设计的，适合中等水平的"大鸟"玩家。"大鸟"有两根牵引线，比普通的易于精确控制，跟老爸玩的比较，爸爸那个有点儿戏吧，难怪他这回对放"大鸟"这玩意只字不提。像大坳门一样，"大鸟"起飞后，有时会急促打转，舞得空气中飒飒作响。

这里海滩旁边有齐全的公厕设施，老妈早为我带备一条约长三尺的塑料水管，用于接驳公厕水源，替我清洗干净身上的海水，以免染上皮肤病。泥涌的海滩水较浅，在潮退时，水会退到离岸较远的地方，把漂浮在海面的垃圾一并带走，跟赤柱的小海滩相比，这儿的环境、配套设施都比较好。

1. 泥涌是名副其实的一大片泥地，潮退时水可以退得很远。近岸处有石砌的围基，我估计是以前人们晒盐的设备。
2. 老爸走上围基，我怕摔下去，所以蹑手蹑脚地走回岸边。
3. 这里有一条完整的路围着岸边走，但很多蚊子，主人们出发前要先做好防蚊措施。
4. 早上的树林气息特别清新，走起路来更轻快。

3　4

1. 聪明的唐狗鸡仔在岸边探头张望。
2. 鸡仔叫我先落水示范。
3. 当我表演完毕后，鸡仔与他主人都称赞我。
4. 在水里我只有紧贴老妈才稍为安心。
5. 离我不到三尺位置的另外两只狗，其中一只样子十分惊恐，拼命抱着哥基当水泡，十分惹笑。

4
5

1　2

3　4

1. 这里有公厕，只要自备胶水管，立即可以冲身上路。
2. 经过粉红色的石墙，我闻到恶魔一样的烧烤味，这是一间 BBQ 屋，但不欢迎四脚动物。
3. 泥涌是专业放风筝的地方，看他们一身扮就知道是行家。
4. 在沙滩上，大家在野餐、闲聊，自得其乐。
5. 在泥涌游水后，我们总会到西沙茶座吃 Brunch，这里的泰国菜味道不俗。

我被教训不要在码头狂走怪叫，以免一不留神摔落海中。

第十三章
跟大网仔结婚

这次我终于认得路旁的风景，自从第一次去泥涌游水之后，由东区隧道经观塘绕进大老山隧道，由大老山公路经马鞍山入西沙公路的风光我都记住了。

到达西沙茶座对面的停车场时，车子没有慢下来，而是继续高速前进，相信今次又有新目的地了。由西沙公路一直跑，在回旋处进入大网仔路，这里是西贡郊野公园，数分钟便进入了风光明媚的西贡海，在公路旁下车就是烧烤场。从这里走十分钟就到了西贡之南的码头，这里的水很清。

我从码头拾级而下，看到码头底的水清澈照人，有小鱼群及从石罅爬进爬出的螃蟹，老妈多番叮嘱我不要捣蛋生事，免我掉进水里。看着看着，忽然一只小艇泊近码头，一对穿着结婚礼服的男女走上来，女的挽着纱裙下摆，脚上穿着球鞋，甚是开心雀跃的样子，当见到我时更加兴奋，硬要随行的摄影师替

1. 在9号烧烤区泊车，走一分钟便到码头，再一直走便是钓鱼地点。
2. 郊野公园烧烤区属渔农自然护理署管辖，容许我们一齐烧烤。

我拍合照，喜滋滋的。过了十五分钟，又有小艇泊岸，是另一对穿结婚礼服的男女，又是笑意盈盈，他们好像很喜欢在西贡海中心拍婚纱照呢？这里望出去不只有海，海中有岛，岛上林荫茂盛，这样的风光，不常见啊。夏日郊游，要避开猛烈太阳肆虐的正午，最好就是一早出发，到海边吹吹风。周日早晨的大网仔一片宁静，码头除了拍婚纱的男女，就是一家人来钓鱼，我见到这情景，心里会感到很暖，妈妈找女儿穿鱼饵，教她们钓鱼的技巧，虽然钓上来的鱼小得可怜，但所得到的喜悦往往比鱼的体形大得多，景象犹如一幅温馨的赤子情油画。

　　自从大网仔之旅后，妈妈经常驾车带着我沿西沙公路去看风景，在天清无云的日子到泥涌看人家放"大鸟"，有时是在西沙公路旁的小路走下泥滩等潮退捉蟹，在西沙路初段企岭下海，是泥滩石滩，不适合我游水，捉螃蟹不好玩嘛，"拜托找点新意思吧！"

码头一对对新人在海中心拍婚纱照后上岸。

经过北潭涌再往北行，便到达海下，这里算有新意，找到这地方老妈司机应记一功。这里是香港少有的海岸公园，水清沙幼，老妈说以往随手可以拾到海星，也曾见过海马在水中游来游去，但近年因为太多人来看珊瑚，在水中走来走去，不少珊瑚因此被破坏。

一家人在码头岸边垂钓，给人一种幸福的感觉。

小姊妹很好奇，妹妹喜欢摸我的毛毛，姊姊则眼看手不动，始终年纪小的没有那么多偏见与顾虑。

小姊妹带我看她们一家钓到的几条小鱼儿。

当日的越南船民中心已变成多用途活动中心。

第十四章
白石的古怪
小白球

记得老妈有阵子经常将一个桶形大袋从车里搬上搬落，后来这个大袋被丢在车房一角，再没有机会登车了！直至那天我们出发去白石，那大袋又再出现，并占据最后一排座位。

路程是熟悉的大老山隧道及大老山公路，未到泥涌之前已转入了小路，车沿小路拐弯，很快便到达一个面积巨大的停车场。车甫停定，登时叫我情绪高涨，放眼望去就是一片大海，路边有棕榈树，我在空地上来回奔跑，在停车场旁发现有一道梯级直达海边，拾级而下，"哗！"是一个清澈见底的小沙滩，正想走出去，脚下忽然刺痛，原来这里满布碎贝壳，虽然没有蚝壳尖锐，但也不能走快。老妈从车里搬来桶形大袋，内里原来有很多支铁杆，她挑了其中一支走到草地前的一排排位置，拿来几篮白色小球，挥杆打球。老妈打球狠劲，"卜"一声清脆利落，小白球"嗖"一声飞到老远，重复着动作，看那样枯燥乏味的挥杆击球，再挥杆，再击球，根本就是毫无竞争性可言。看了一会已叫我呵欠连连，还硬要我坐得老远，不让我走近。老妈这玩意怪怪的，又没有我的份儿，每个人都是做着一式一样的动作，无聊得很，叫我闷得发慌，真没劲喔！妈妈，跟我玩追球游戏不是更好吗？看谁能够把滚球先抢到，就算是赢家，这才是共同玩球的乐趣啊。

白石俱乐部的面积很大，穿过高尔夫球场的另一边是我最爱的烧烤场，亦是我见过的最美的烧烤场。一边是层层叠叠的山峦加上宁静的吐露港景色，另一边是肉香四溢的猪扒、金沙骨、小红肠气味，即使我见多识广，也未曾见过这样精彩的烧烤乐园。为何老妈只选择来打球，而不是烧烤呢？白白浪费大好风景嘛。

不知为何只要见到滚动的球，我第一时间的本能反应就是把它拾回来，而不是任由小球掉得老远。只因我的祖父的祖父，一代一代都被教导将球拾回来，抢回来或找回来，这是我们的责任，也是主人对我们的期望。看着妈妈打球，忽发奇想，让我到俱乐部当拾球童好了，拾球这小伎俩绝不会辜负我"寻回犬"的威名。

1. 这里水质清澈见底，沙滩上布满贝壳。
2. 烧烤场就在海边，这样的风景不常见。
3. 香港本身有大量未开发的郊野地方，所以由市区出发只要四十五分钟车程就到郊外，方便得很。
4. 烧烤跟打高尔夫球可以同时进行。
5. 这里有小朋友高尔夫球场，也同样风光明媚。
6. 为何他们不是将球追回来，而是用力打出去？

1. 在烧烤场旁边有很多水龙头，给我洗白白。
2. 我很羡慕他可以一个人骑单车到这里垂钓。
3. 西沙茶座前的路标。

位置

从马鞍山或西贡沿西沙驶至帝琴湾住宅区转入落禾沙里，再沿小路可直达白石高尔夫球中心

地址

新界沙田马鞍山白石

停车地点

高尔夫球中心提供免费车位

电话

2633 8118（高尔夫球场）；2633 3299（烧烤乐园）

交通

中心设有专车接驳往返白石及马鞍山新港城，约每小时一班。或自马鞍山新港城乘搭出租车，约二十元多

营业时间

高球场 8:00am—11:00pm

收费

星期一至五：每小时为五十元
星期六、日及公众假期：每小时为七十元
烧烤乐园星期一至五：3:00pm—12:00mid-night
星期六、日及公众假期：11:00am—12:00mid-night
开炉费为八十元（开炉费包括烧烤餐具、炭两包及蜜糖），若惠顾满五百元以上则免开炉费，不得自携食物，若自携食物到来并使用烧烤炉，则需付三百元入场费及八十元的开炉费

备注

中心附近有一个小沙滩，可供主人与狗在绿波中畅泳一番

我早已认定只要是大轮胎，便是我们的吉普车，结果经常出错。

第十五章
西贡海滨公园
自作主张

爸妈最不喜欢我自作主张。

事情是这样的。每次旅行回程时，我总希望比别人抢先一步找到自己的大怪兽吉普车。我一直认为车轮最大的就只有这种。但十之八九都是找错对象，被他们斥责一番，乐极生悲。有次更在山顶误认路障旁边的警车，结果累得爸妈被警察训斥，要他们好好管教我。

事情是这样开始的……

近年香港修建了不少新的海滨公园，到过的继有赤柱、大埔、湾仔及西贡等地方，西贡是最先翻新完工的。老妈从电视看到新的西贡海滨公园，铺上了新造的户外木造地台，整洁美观。"这设计最适合大狗，狗只站起来的时候就不用怕它们的前爪与水泥地摩擦。"于是爸妈便决定带我走一趟。翻新后的西贡市中心海旁，游人特别多，熙来攘往，似乎不适合爱静的我。沿着海旁，朝海鲜档食肆反方向走，游人越来越少，狗只却越来越多，原来这边才是狗的天堂。

假日早上主人们带着爱犬来这里，单是金毛寻回犬便有七八只，它们在草地上追球，玩得很热闹。正想加入之际，忽然一对西伯利亚雪地犬走过来，它们年纪甚轻，十分活泼好动，缠在我身旁左嗅右嗅，很恼人。我避开走到另一处，它们亦步亦趋扑上来，并且试图将手搭在我身上，完全不考虑我的感受。狗与狗之间也有社交礼仪需要遵守，对于初相识的狗来说，这是十分不礼貌的行为，亦是显示地位比我优越的一种姿态。这时老妈走过来帮我解窘，将雪地犬两兄弟与我分隔开，阻止了一场即将上演的打斗。海滨公园草地靠近停车场，由于狗只太多，不胜其烦，决定示意老妈打道回府，并以九秒九的速度冲入停车场，找吉普车回家。但早上到达下车时，心情太兴奋，泊车位子没有牢牢记着，只好在停车场四处乱窜，试图寻回大怪兽。老妈在背后吃力地追赶，只听到她厉声叫道："Goldie, stop there！"忽然老爸从转角处杀出，差点与我碰个正着，把我紧紧捉着并用力打我后腿，边打边骂："You are very bad, Goldie, bad boy！"他如斯气愤，想必是害怕我被车撞倒吧！老爸小时候亲眼目睹饲养的唐狗因跑出马路被出租车当场撞死，那叫他心碎的镜头，给他带来极大的负面阴影。我认定了回家，就对指令充耳不闻，被打骂实在活该。自此我再也不会亡命狂奔找吉普车，每当接近停车的位置，耳边自然响起老妈的示警命令："Goldie, stop！"

在西贡海滨公园留影。

最后要靠主人来到，把我唤回来上车。

第十六章

元朗大棠，
我感故我在

狗鼻子是超级感官，如果人是因为思想而存在，狗就是因为感觉而存在了。我的感觉无处不在，因为我有直觉及嗅觉。有时虽然眼睛看不清楚，但却嗅得出来。我爱草地，爱草地在阳光中被晒得暖洋洋的味道，深爱草地在雨洒后的清凉和宽厚，空气充满青草和泥土的气味，清新舒服。

因为这种感觉，我爱到元朗大棠郊野公园，这里有我最喜欢的跟地毯一样的大草地，也有多伦多公园内那种参天大树。大棠公园的面积很大，第一次来的时候有点费劲。我们一家在港岛居住多年，去新界西北对我们来说犹如到荒山野岭探险，老妈是急性子司机，老爸是慢郎中且南北左右不分，是个地图瞎子领航员，这样的组合不出事才怪。上回到流浮山下白泥，他们因走错路而斗嘴吵架，一路上叫在后座的我担心不已，恐防一方怒不可遏、拂袖而去，我的旅行日便泡汤了。

这次又是另一宗案件重演，老爸看过地图后说，穿过大榄隧道后就是博爱回旋处，出元朗南路。说时迟那时快，老妈已错过了出口，本来在回旋处错过出口不打紧，只要再转一个圈便可重回正确出口。但却因此勾起上次流浮山行错路事件的回忆，他们又吵了起来。这次老妈索性将吉普车掉在路旁，一个人跑下车，我在车内只有干着急。过了数分钟老爸先说对不起："Goldie 在车内等着呢，算了吧！"老妈才犹有余愠地继续上路。

今次老爸打醒十二分精神看地图，不再靠自我感觉去领航，果然很快便到达目的地。老爸，单凭感觉认路是我的天赋，并非你能到元朗大草地玩抛木头最合适。

力所及，还是踏踏实实、认真学会看地图实际得多。

来到大棠实在太好了。这里共有六个烧烤区，四周肉香满溢，可惜此行目的是远足，我只有吞吞口水继续上路。在第二号烧烤场里有一个观景台可俯瞰元朗平原景色，大家在这儿稍事休息，准备今日旅行的重头戏——穿越大棠自然教育径。入口是一个植林区，所以才有这么多树木。虽然有上坡也有下坡，以我九十多磅的身型也可以勉强应付过来，当然我还得劝谕各位朋友，盛夏时分犹在烈日中天时就不太适宜，秋凉十月会较为合适。教育径的末段有不少杉树及松树，与山顶的卢吉道大榕树相比，感觉完全不同。走毕全程约一个小时，老妈总会在适当的时候停下来休息，给我清水解渴，有时给我在身上洒水有助散热，令我凉快一点。

老妈明白我的心意，也关心我的感觉。在家里每当我窝在沙发一角独自呆坐时，她总会坐到我身旁跟我说话，替我捽捽耳背，搔搔肚皮，又或者将玩具藏起来，叫我寻回来。

其实，我压根儿不喜欢公公给我买的玩具，但我爱与人玩耍的感觉。因为她一定会让我找到玩具，从不叫我失望。每次成功寻回隐藏物，她总会拍掌给我鼓励。我与爸妈不仅有七年来建立的感情，还通过游戏，互相建立了一套人狗独有的沟通语言，我用心感受他们的所思所想，反之亦然，可能这就是"我感故我在"。人类以为我们服从饲主，是因为食物、居所。事实上最主要的是我们与人类相处带来的很多乐趣及无数的快乐时光。

跟我玩抛木头游戏，好吗？

119

交通

由九龙及香港出发的车主，可选三号干线往元朗方向，到回旋处由元朗南方向转入大棠路。到达侨兴路与大棠路交界左转入大棠山道，沿指示牌直入大棠郊野公园

停车场

免费

备注

"狗医生步行日"通常是安排在这里举行

在元朗大棠大草地上玩抛木头，是我最喜爱的活动。"喂！快点扔出去吧。"

我在鱼塘待了一整天，就是等太阳下山，可以开始烧烤。

第十七章
下白泥黄昏

人类认为我们有直觉心灵感应，知道他们心中所想。告诉你，狗有的是直觉加细心的观察力。凭着饲主的装束，旅行装备，就能猜想到旅行的目的地。

每当有大背囊、鱼竿、钓鱼用具出现，必定是钓鱼日。早上他们会把汽水、零食、水果、面包等放进大背包，替我戴上围巾，一切准备就绪，出发直闯钓鱼场。

这是从早到晚的一整天活动。坐车的时间时长时短。到下白泥，差不多需要四十五分钟车程。这一带有多个鱼塘供选择，我们选的是一个最大的。从早上开始坐在太阳伞下一直到傍晚时分。而我则无所事事，只有选择午睡。我总不能睡得香甜，每当他们认定大鱼上钩，总会大呼小叫，吵得很厉害，但在我眼中，那些只跟我手掌大小差不多的岂能算作大鱼呢？算了吧，既然他俩呆坐

流浮山下白泥是香港看日落的好去处，这里有很多鱼塘改成的饲鱼场，淡水及咸水鱼场都有。

了一整个上午，钓到的鱼总会变得特别大，看着他们被晒得犹如两只刚烧熟的大肥龙虾，总得给他们打打气，不要泼冷水啦。

　　在下白泥的鱼塘钓鱼，为的是待太阳下山的落日美景。这里的太阳好像特别红，特别大，虽然猛烈太阳过后会有数以百计的蚊子群，但这是我呆等一整天的收获。跟大伙儿在鱼塘边烧烤，感觉真好。两老的朋友总敌不过我那副可怜相，乘他们不察觉，给我吃个痛快。

1. 下白泥钓鱼闷到发慌，跳到老妈身上撒娇。
2. 主人在钓鱼，我闲极无聊，与其他狗打个招呼。
3. 下白泥鱼塘保留大量自然风景，与大尾督有明显分别。

停车场
免费，但需购买钓鱼或烧烤设备

设施
钓鱼场

其他
烧烤平均消费约一百元

等待大鲤鱼上钩，时间过得特别慢。

我去湾仔海滨公园正好是开幕当日，这里有维港景观、草地、矮树和水龙头冲身。
香港处处歧视狗只，有这样一个公园，实在是区议会一大德政。

第十八章
我的湾仔
海滨公园

我在北美生活的时候，体验到外国公园无拘无束，没有神出鬼没的保安员、恐惧眼神、吓人尖叫的小孩，回港后一直希望有机会再逛公园、跑草地。

近日竟给我再遇上一片供狗嬉戏的绿草地——湾仔海旁鸿兴道海滨公园。对湾仔一带不存一丝好感，每次都是为了看医生而来，尾巴切割手术令我留下永不磨灭的烙印。这回再到湾仔，车仍是停泊在 SPCA 对面的停车场。下车后我正担心又被带去看医生，老妈，今天是假日，不要去看医生嘛！喔！原来另有目的地。

玩累了在草地上一起休息。

那天人又多又吵，原来是 SPCA 对面的动物公园开幕礼。人狗大聚集，公园地面以户外木条铺设地台，远望是维多利亚港。长形的公园占地很广。跑毕全程差不多要十分钟，这儿是狗天堂啊，我在矮树丛里穿来插去。在这个拥有超过七百万人，逾五十万狗主居住的土地，一处具所谓文明、自由的地方，度身设计的动物公园只有一个。据悉这是湾仔区议会的建议，地点并非列作永久性的动物公园用途，只要政府有其他发展项目，用地便会被收回，公园也会消失。我们不奢望公园能提供跟国外一样好的设施，只要是有一片草地给我们舒展一下筋骨、足够做消耗体力的活动，已经心满意足了。

这个声称寸金尺土的城市，难道真的在市区找一片土地也这么困难吗？

出租车
每只鸟兽每程车资额外加收五元

停车场收费
SPCA 对面露天停车场，时租九元

设施
有水龙头及粪便胶袋供狗主使用，体重超过
二十公斤的大狗须用不短于两米的狗带牵引

1. 湾仔海滨公园适合野餐。
2. 公园的设计花了不少心思。
3. 在市区无敌海景设立狗公园，在香港这个歧视狗的社会中实属一大突破。
4. 种植了大量的树木，隔开旁边海底隧道的废气。

玩累了，要喝大量的水，然后再去玩。

第十九章
玩一世

根据奥地利科学家的最新研究，我们的智力等同于人类十六个月大的小孩，拥有学习模仿的能力，刚学会走路的小孩总爱走近，跟我扫背握手，大有可能大家智力相近吧！也难怪主人常说我永远是他们的小孩子。小孩子的生活是怎样？食、睡、玩是三大主要元素，游戏对孩童重要，对我也很重要，对于儿童或幼犬来说，游戏是其主导的学习与交流途径。幼儿可以通过各种游戏的渠道来获得对外界事物的认知与了解。在我们全家看来，旅行总是培养人狗默契的好机会，每一场旅行都是一次学习，我与人类最大的共通处，是大家都爱玩游戏，玩了近八年的"捉迷藏"、"寻宝"、"掷飞碟"、"木条"、"抛波"，到今天还是同样喜爱，而且乐此不疲。

　　主人也有喜爱的小玩意，在家经常把一只貌似"老鼠"的东西推来推去，跟我掷飞碟、木条或追逐皮球一样，人类与狗同样每天都在游戏。

　　掷飞碟、木条好玩之处是要准确无误地冲向飞碟，并且稳当地将飞碟接住，叼回来交到饲主手上。动作活像一名训练有素的运动员。最近，学会了一个新的游戏，以往主人会把我的玩具藏起来，再让我去搜寻。后来我反客为主，将玩具叼在身旁然后装睡或装出一副漫不经意的模样，暗中留意着老爸的动静，一旦发现他有所动作，我立时将玩具叼住。

第二十章
请不要留下我

人与狗的故事会一直流传下去

每次当老妈对我说："Goldie，外出逛街了。"我的心情特别兴奋，从不会掩饰自己的情感，表达方式也十分直接，高兴时，会扑到主人身上，发出叫声、喷气、摇尾，当大家准备就绪，带齐旅行用品出门时，我也禁不住吠叫摇尾，就是要告诉他们："喂！我很快乐！"

对狗来说，每一秒都是永恒，我不会像人类一样拥有时间观念，为将来而忧心，每次出门去旅行，不会因为目的地去过多次而没精打采，只要当下可以与主人同行，我已满心欢喜。

到了目的地，即使每次都是卢吉道的同一片草地，跟我玩同样的捉迷藏游戏，我一样会高兴地跳来跳去，心情雀跃。

每当主人单独出门，狗为何会感到哀伤？每次的分离，对我们而言犹如永远的离别；亦因此每当他们回来，等待饲主的情感会瞬间爆发，扑到他们身上，将头埋在他们的腋下，发出怪叫。

人类或许不明白，狗的感观世界远比人的复杂而灵敏。人很多时候是靠眼睛去看，用脑袋去分析，用言语去表达，这种方式怎样能准确掌握自己的感觉呢？狗的感官世界由嗅觉、听觉出发，我的嗅觉比人类敏感万倍，气味构成了我的感官世界，我的耳朵听到的声音比人锐利得多，而并非以一种理性结构的语言来表达情感。反之，我对外界的事物反应来得更简单而直截了当，不像人类经过脑袋思考、分析，既仇恨亦爱慕，充斥着太多心结。

小狗心灵独白

Words From Your Wagging Partner

我的生命可能只有十至十五年，
请你在买下我或领养我之前，务必谨慎考虑清楚。
在任何情况下遭你离弃，都将是我最大的痛苦。

Please think twice before buying or adopting me
as I only have a mere lifespan of 10 to 15 years.
It would do me a lot of harm no matter how you dump me eventually.

请给我一点时间，让我明白你要我做什么，
因为我一直努力做一只听话的狗，
我最大的幸福就是你对我的赞赏。

Allow a bit more time for me to understand what you want from me.
As I am working extremely hard to be an obedient dog,
your compliment is my lifetime achievement award.

信赖我——
那对我非常重要，因为我将永远信赖你，
无论你将带给我的是天堂还是地狱。

It is crucial for me to earn your trust.
I will always be your follower regardless it is heaven or hell.

你有你的工作、你的娱乐、你的朋友，而我却只有你。
你用多余的时间、精力、金钱爱我，而我奉献给你的是我的全部。

You have your work, your entertainment and your friends
but you are my everything.
While you can spend your spare time, energy and money on me,
I am giving all I have to you.

请偶尔跟我说话，
纵使我不懂你的说话内容，但我明白你的语气，
那是你的声音在陪伴我。

Talk to me.

Although I have no idea of the content,

the sound of you talking makes me feel secured and loved.

你要知道无论你怎样对待我，我永远都不会忘记。
我会永远以德报怨。

I will never forget how you have treated me and
will always repay you with gratitude.

在你打我之前请切记，我其实拥有可以咬碎你手骨的尖锐牙齿，
但是我不会这样做，我对你的爱使我甘愿受伤害。

I would not hurt you with my razor sharp teeth even if you hit me.
Your love deserves my endurance of the pain.

在你骂我不合作、固执或懒惰之前，
请你想想是否因为我有其他隐忧。
或许我没获得我应有的食物，
或者我已经在阳光下逗留太久，
又或者我的心脏已经越来越老化和虚弱。

Before you blame me for not cooperative, lazy or simply stubborn,
please ask yourself if something is bothering me.
I might be not getting the right kind of food,
out in the sun for too long or have a weak and failing heart.

在我年老时请好好照顾我，因为你也会变老。
照顾日渐衰老的我会使你的灵魂得到升华。

Please take care of my old age as you will be old one day.
You will get your fair share of spiritual gain
by taking care of an aging dog.

当我要挨过最辛苦的历程，
千万不要说："我不忍心看着它这样。"
或者说："让我不在场时才发生。"
如果你在我身边，我对每一件事情都会更容易接受。
请你永远不要忘记，我爱你。
如果你我交换位置，我不会为自己找任何抛弃你的借口，
请陪伴我走完生命的最后一段路。

Don't turn a blind eye on me over my difficult journey.
Your presence is comforting. Walk me through the entire journey.

动物与人，都是地球村的一份子。
如果它们流离失所，那代表我们的城市冷漠无情；
如果它们惨遭虐杀，那代表我们的城市麻木不仁。
请尊重生命，善待动物

旅游
小贴士

春天：早上天气潮湿，地面较多泥泞，若是回程需跟主人乘车，上车前最好用消毒湿纸巾清理泥污或带备清水给小狗冲洗四肢，以免弄脏身上衣物。小心毛虫，毛虫数量较多，到处都是，有挂在树上、栏杆或在地面爬行，一不留神，人、狗均易中招。

夏天：慎防狗只中暑，需带备足够冰水给狗只饮用及有需要时淋湿身体以降温，最好自备狗粮，外面的食物不一定适合你的狗只食用。

装备清单

- 报纸

- 塑料袋，慎防小狗晕车时弄脏汽车

- 足够的狗粮、零食和水

- 牵引带

- 毛巾及纱布：擦干四肢，不慎发生意外时，纱布可作紧急止血用途

- 每月使用滴蚤药，建议另外再使用牛蜱带及防蚤喷雾，做足预防措施

中暑先兆及特征

- 先兆：情绪极为焦躁不定而来回踱步，鼻子发出低鸣声，舌头一直淌着口水，呼吸加快，眼睛充血，结膜泛红，全身发烫等。
- 特征：急喘，开口呼吸，瞪大眼睛，舌头伸长倒卷，喉咙发出粗粝声音，无法站立而侧躺，呼吸急促，全身抽搐等。

中暑急救 DIY

当发现狗只已经有中暑先兆，要马上将狗置于通风阴凉处，并给予大量冷开水任其饮用，静待片刻观察症状是否能有改善，如呼吸是否渐渐平缓、情绪是否逐渐稳定等。

如果情况并未改善，反而出现更严重的症状，必须采取立即降温的方法，参考如下：

以冷水自颈部以下来回冲湿身体，避免冲到头部、口、鼻位置，直到犬只闭口呼吸，再用干毛巾擦干体毛，防止体温继续下降而失温。切勿再让犬只于阳光下暴晒，或继续带狗登山或追逐玩耍，防止体温再度升高，尽快将爱犬送医。

狗在中暑时的急喘现象，会导致体内电解质和内分泌的紊乱，有时候还会因为体温过高而伤及脑干细胞，所以非得要有专业兽医师进一步的检查和治疗，才能顺利地脱险康复。

教狗儿游泳
六大贴士

教狗儿游泳
六大贴士

一、选择适当游泳场地

教狗儿游泳要考虑狗儿的体积大小和年龄的差别等因素。如果第一次带狗儿游泳，狗主应该选择"狗仔练习场"，私人泳池会是一个不错的选择，此外小溪和小河均可，但切记所选的地方要干净，底部不可以有任何碎片，否则对人和狗都不安全。刚开始带狗儿游泳应该选择浅水的地方，方便教授。

二、为狗儿系上狗带

狗主在放狗儿下水前，首先替狗儿系上狗带，这样较为安全，而且方便狗主在水中照顾它们。狗儿在水中遇上问题，如下沉时，狗主亦可以拉引狗带拯救它。

三、用玩具诱导狗儿在浅水习泳

第一次游泳，狗主需要陪着狗儿到浅水处，让它习惯在水中活动，把水轻轻泼在它的身上，千万不要把水泼在它的面上，否则会令它感到不舒服。有时候狗儿即使在浅水中，仍可能会十分惊慌而拼命挣扎，此时你可以把手放在它的腹部作承托，给它足够的支持，很快地狗儿就能安定下来了。狗主亦可以利用狗玩具，诱导狗儿在浅水处一步一步地游，让它慢慢适应，这个方法会非常奏效。待它习惯在水中活动后，下一步就可以带它到深水处。

四、称赞不断，足够休息

狗主要有耐性，不断称赞、鼓励它们。适当的时候，要让狗儿休息一下，喝一点水，令它心情舒缓下来。

五、纠正狗儿前脚摆动

如果发现小狗游泳时，头伸得太高，尾巴浸在水中，前脚摆动得很厉害，样子很吃力的话，狗主就要加倍留神，因为它的动作可能出错。狗主这时候应该扶它一把，首先把它的前脚提起，教它作有规律摆动。当它习惯这个动作，便能省力地、自然地在水中畅泳。

六、带备塑料水管

带备一条约三尺长的塑料水管，用于接驳公厕水源，替小狗清洗干净身上的海水，以免染上皮肤病。

关于狗的好书

《再见了，可鲁》

作者：石黑谦吾　译者：林芳儿
出版：台湾国际角川

　　一本疯靡内地、港、台及日、韩的作品，介绍导盲犬可鲁（电影称为小Q）的一生，摄影师秋元良平拍摄了可鲁与盲人渡边先生的生活实录。从可鲁出生起，渡边先生便决定用相片记录他的一生，那些相片感动了作家石黑谦吾，他在可鲁逝世后，访问了秋元良平及渡边先生的妻子，用文字重新整理可鲁的生平。本书是先有图片，后有文字，我认为图片比文字更加吸引人，黑白的真实图片比电影彩色世界更能感动人心，尤其是一系列与盲人渡边先生一起上路的照片，看到可鲁那专注、认真的神情，你会明白为何原本不喜欢狗，而且性格固执的渡边先生，最终会与可鲁成为好朋友。渡边先生患病住院三年，最后康复出院，与可鲁在走三十米的路，那幅雨中人狗上路的图片，萦绕于心。假如你只看过小Q电影，希望你拿起书本再细看，细看那些黑白的图片，细看可鲁那坚定而专注的眼神。

《导盲犬娇娜》

作者：石黑谦吾　译者：钱海澎
出版：陕西师范大学出版社

　　此书被称为《再见了，可鲁》的姊妹作品，这本书的主题，也是关于人对狗的思念，主角娇娜是一只导盲犬，主人宫本先生是个自强不息的人，他与第一只导盲犬丘特相处了两年零五个月，因为丘特精神紧张与宫本先生不能协调，结果中途退役。娇娜是他第二只导盲犬，娇娜与可鲁一样来自仁井家，两只狗一起玩耍，一起长大，手足情深。宫本与娇娜一起时，日本还没有制定完善的残疾人辅助犬法例，因此有很多地方也禁止他与娇娜进入，但宫本仍坚持带着娇娜四处走，包括长途旅行，他们到过立山黑部阿尔卑斯登山，往长野经名古屋回京都，一九八九年宫本决定带娇娜登上海拔一千三百七十七米的伊吹山，也登上了富士山，娇娜还拿了一张富士山登顶认定证，然后一人一狗去参拜一百座观音寺庙，为宫本母亲祈福，娇娜帮助宫本先生实现了人生梦想。娇娜以十六岁"高龄"回到仁井家，由可鲁的养父母仁井夫妇照顾，这时它已不能走动，耳朵几乎听不见，眼睛患了白内障，在仁井夫妇诉说登上富士山的回忆中去世，作者这样说："导盲犬的死，不仅仅是一个生命的逝世，同时也是使用者人生的一段时光——与导盲犬共同生活的时代逝去了。"

《马利与我》*Marley & Me*

作者：约翰·杰罗甘　译者：程悦
出版：长江文艺出版社

　　另一只在西方世界广为人知的拉布拉多犬 Marley，它的名字来自牙买加 Reggae 音乐大师 Bob Marley，大家都会联想到 Marley 的性格像 Reggae 一样蹦蹦跳跳，充满节奏感，主人叫 John Grogan，是一个在美国佛罗里达州生活的专栏作家。一九九一年，他新婚不久，看到报章上有卖狗广告，便一时冲动买了 Marley 回家，展开十多年的人狗情。Marley 经历了 John Grogan 新婚到两个小孩子出生的过程，也经历了妻子产后抑郁要赶走他的危机，作者千方百计令妻子回心转意的情节等，令人感动。这本书虽然有人狗分离的伤感场面，但大部分生活细节都轻松、有趣，充分反映了 Marley 的活泼、好动、好奇及爱玩的性格。

关于狗的好书

《一只狗狗的告白》

编译：艾柯，胡长江
出版：天津教育出版社

这是一本关于狗的优美散文作品辑录，中英对照，内文包括诺贝尔文学奖得主尤金·奥尼尔的短篇 *The Last Will And Testament of An Extremely Distinguished Gog*、马克·吐温的 *A Dog's Tale* 及俄国文学家屠格涅夫的 *Mu Mu*。

编者认为 *A Dog's Last Will*（即本书序言转载的那篇佚名文章）蕴藏了无尽的知识和哲学，通过一只濒死的狗的寄语，仿佛另一个沉默的族类，如影随形地追随人类的脚步，用他们原有的、原始而丰富的肢体语言，书写对人类深刻而真切的感情，而这一切我们却全无暇顾及，或根本无视狗只的心理。

本书不单文字优美，也可以令我们反思人与狗的关系。

《狗典一箩筐》 *The Mythology of Dogs*

作者：Gerald Hausman & Loretta Hausman 译者：蓝汉杰
出版：百花文艺出版社

一本通论式的入门读本，主要介绍不同种类狗只的天性，每一章均介绍不同狗只的历史、来源及传说，最后归纳出这些品种的特性，包括体形特征及性格等，例如日本秋田犬有高度敏感性，所以不需要大声命令；拳师狗爱追车及单车，爱亲吻人脸颊；芝娃娃勇敢、忠心、专情，与别的狗相处不来，易吃醋；等等。

当大家决定养狗时，不妨看看什么性格的狗适合你，当然这些只是笼统归类，其实，每一只狗都有他们独特的性格，不是完全由血统或遗传来决定。

《别跟狗争老大》 *The Other End of the Leash*

作者：派翠西亚·麦克康诺博士 译者：黄薇菁
出版：商周出版

　　这是一本动物行为研究作品，而不是抒发人狗感情的作品。人有人格，狗有狗格，究竟狗的性格如何影响他们的行为？且听作者麦克康诺博士娓娓道来，她本身是研究者，也是专业驯犬师，所以收集了大量的"个案"，撰写成了书中故事。本书特别之处是经常将人与狗的行为作比较，因为作者认为人与狗是一种互动关系，狗从人的行为中接收信息，作出反应，而人也对狗的行为作出回应。我们要了解狗的性格，两者才可以发展出良性的互动。他特别反对以强制方式去命令狗只及灌输某些指令，认为与狗沟通时，要尊重他们的意愿。

　　《别跟狗争老大》是一本人狗关系学的最佳读物。

在人类的历史上，早在埃及、希腊时代已有狗的足迹，埃及人早已与狗一起打猎，希腊人的神话中预留了一个位置给狗。这种由狼纯化而成的犬类，与人类有着深厚无比的感情，可以说是在地球上与人关系最厚、最密切的动物。

在整个西方文化史上，十七世纪前狗只被视为工具，由打猎到守牧羊群。在整个中古时代，天主教教义压制人与狗的感情，阻止双方建立任何亲密关系，当时曾经有争论究竟狗死后能否进天国，答案自然是否定的，天国的门从来不为它们而开，人们认为人独一无二地拥有理性及自由意志，而狗是无理性及自由意志的动物，所以不能得到永生。启蒙运动的时代也为狗出现过辩论，笛卡儿认为动物没有灵魂及理性，而伏尔泰则反对。当时西方文化对狗的态度与中国人十分相近，我们一句"背脊向天人皆食"，令狗的命运痛苦不堪，中国人无需争辩狗与人的分别，因为人食狗，显示出我们是高高在上的。

第一个肯定狗的价值的是功利主义者边沁，他认为争辩狗是否理性不重要，最重要的是它会否感觉到痛苦。他大力反对虐待狗及以狗做实验。

在英国十八世纪出现了一个大转变，一八二四年防止虐待动物组织在维多利亚女王治下出现。小说家、诗人、画家开始赞颂狗，为它们写诗，为它们画油画，诗人拜伦歌颂其纽芬兰犬"水手长"，为它写下感人至深的墓志铭，称之为一生中最忠实的朋友。英国作家杰克伦敦以狗为主角的《野性的呼唤》（ *The Call of the Wild* ）被视为极具代表性的作品，主角狼狗巴克是作者追求的男性典型。

它坚忍善战，有领导才能，即使离开文明社会，在冰天雪地中求生也可以克服困难，成为领袖，这是将人的美德投射到狗身上，这样的作品在十九世纪大为流行。

小时候家里养了老虎狗及猎犬，家人因反对饲养而借一次全家旅行之机，静静将它们送走了，至今想起仍未能释怀。中学时代在加国饲养的 Beagle 名字叫 Jim Kwong，大家熟悉的卡通人物 Snoopy 史诺比就是 Beagle（比格犬）。叫我至为感激的是妹妹，因 Jim 晚年得重病，幸得她悉心照顾，连出门公干也把它带在身边，陪伴它走完一生的路程。狗成了人的情感寄托，在人与人的交往中，得不到情感支持才转而增加对狗的依赖，是不争的事实。今日我们按照人的生活方式去改造狗，为它们开生日派对，制作甜品点心，举行竞技比赛，替它们穿上纱裙、工人裤，甚至水靴，人与狗的界线越来越模糊。近期的最新发展是把狗当作人一样，变成了"伴游"出租。

令我最不悦的，是业者为赚取宠物做伴这块市场利润，打着地少人多，人尚且要挤在斗室之内，哪有空间养狗的鬼话，想出出租狗只的可耻行为，更诡辩租狗与养狗的最大分别就是可以三心二意、贪新忘旧，天天挑选不同的品种，看哪种狗跟自己最合拍。这种无知、无耻之举，荒谬之极，简直是人类的耻辱。究竟以狗做伴，是要让它快乐，还是把自己的快乐建筑在它的痛苦之上呢？

与 Goldie 相处多年，它是动物，具动物本能及特性。都市生活是人类文明的进步。但狗喜爱的是大自然，Goldie 爱旅行远足，是因它祖先属于荒野。"野性的呼唤"存在于它的遗传基因，白天困在屋里，晚上溜到街上大小便，并不是它追求的生活。所以我坚持带着它去旅行。

有理性、自由意志，更有感情，它依恋主人，爱玩爱吃，但一样有自己的观点及处事态度，有时候我理解它的动机，但有时也摸不着头脑，其实，狗不是人类的简单版，互相理解会让大家相处得更愉快。

只有这样，人与狗的故事，才会不断延续下去。

狗的忠诚度不附带任何条件，即使我们身陷最为恶劣的逆境，它们也会不离不弃。这种爱与忠诚的驱使情感来自本能，亦是人性的照妖镜。

MGuru Limited 授权广西师范大学出版社出版简体中文版。

繁体中文版权:MGuru Limited　　　Complex Chinese edition copyright.
Copyright@ 2007 MGuru Limited

作者:邝颖萱　　出版监制:邝颖萱　　电话:(852)2887 2110　　传真:(852)2512 1909
地址:九龙观塘巧明街 112 号友联大厦七楼　　网站:www. mguru. biz

著作权合同登记号桂图登字:20－2011－069 号

图书在版编目(CIP)数据

带着 Goldie 去旅行/邝颖萱 著. —桂林:广西师范大学出版社,
2011.5
ISBN 978－7－5495－0473－2

Ⅰ. ①带… Ⅱ. ①邝… Ⅲ. ①游记－作品集－中国－当代
Ⅳ. ①I267.4

中国版本图书馆 CIP 数据核字(2011)第 057628 号

出 品 人:郑纳新
组　　稿:郑纳新
责任编辑:刘　鑫
装帧设计:李 佳
广西师范大学出版社出版发行
（广西桂林市中华路 22 号　　邮政编码:541001）
（网址:http://www. bbtpress. com　）
出版人:何林夏
销售热线:021－31260822－129/139
山东临沂新华印刷物流集团有限责任公司印刷
（山东临沂高新技术产业开发区新华路　邮政编码:276017）
开本:880mm×1 230mm　　1/32
印张:5.75　　　　字数:100 千字
2011 年 5 月第 1 版　　2011 年 5 月第 1 次印刷
定价:25.80 元